酒食生活

新装版

山口 瞳

ハルキ文庫

角川春樹事務所

新装版　酒食生活◉目次

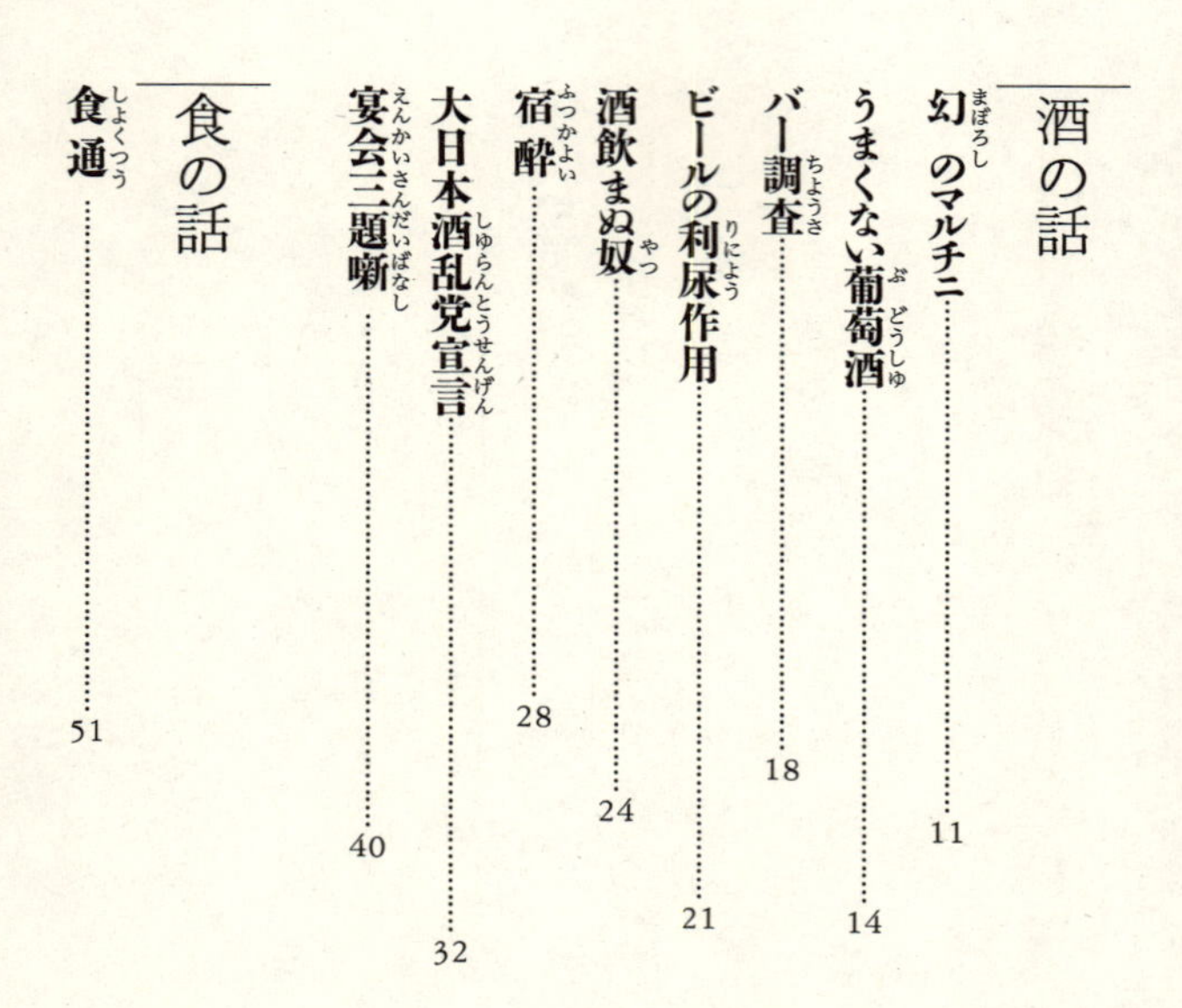

I

酒の話

II

食の話

III

行きつけの店

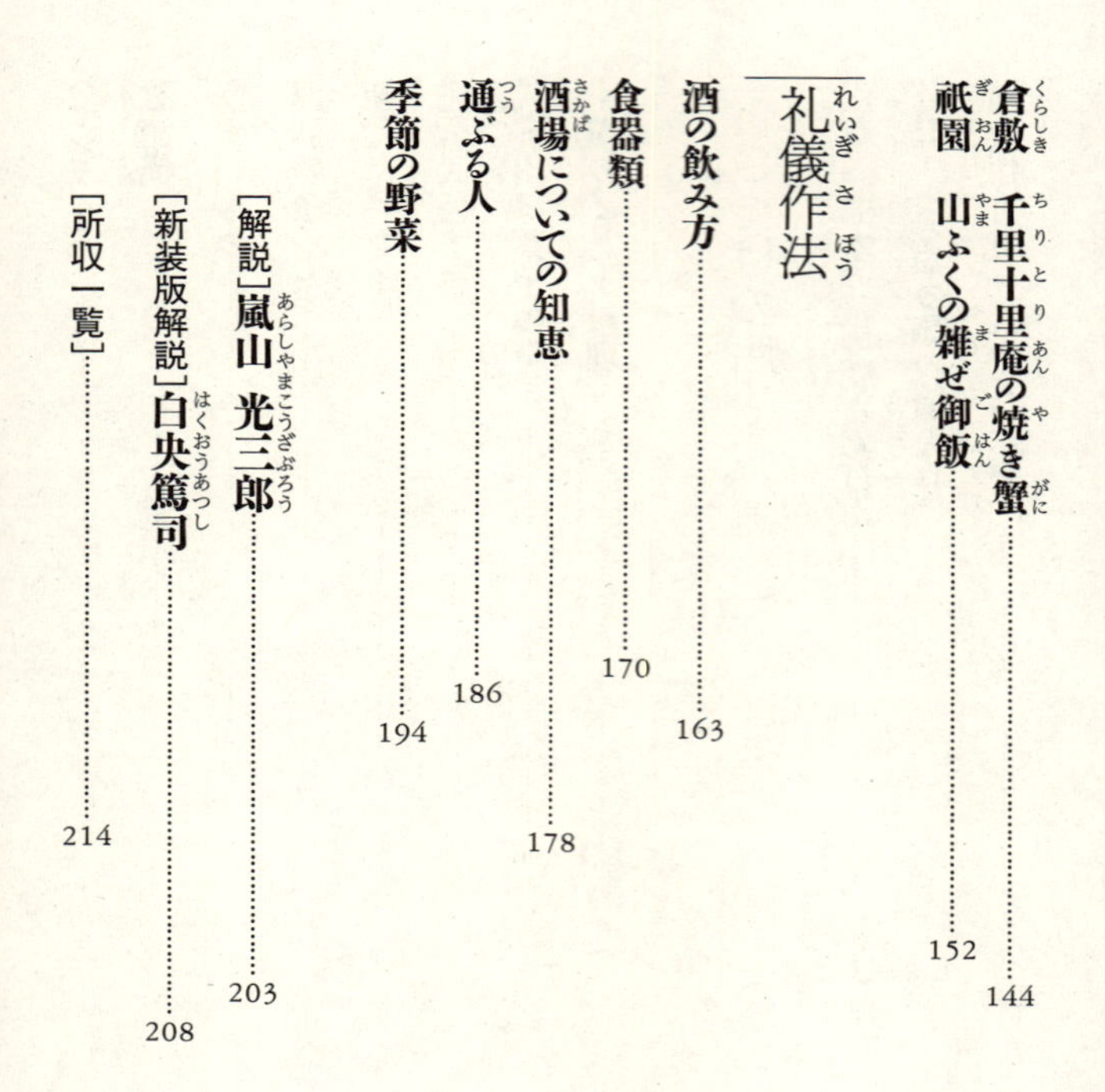

IV

礼儀作法(れいぎさほう)

新装版　酒食生活

編者　結城信孝

I

酒の話

幻のマルチニ

　十日ほど前に、ある所のある酒場へ行った。さしさわりがあるので、場所も酒場の名も書かない。ただし、これは有名バーである。

　その日、私は緊急の仕事で出版社のクラブでカンヅメになっていて、夜の十一時に原稿が出来て、ちょっとした解放感を味わっていた。

　飲まざるべからずという夜であった。こういうときは、まっすぐに帰ったとしても寝られるものではない。また、こういうときの酒は実にうまいし、不思議に悪酔いはしないものである。

　その酒場で、ウイスキーの水割りを飲む気にはなれなかった。もっと強い、キックするものが飲みたい。キックする酒というのを、永井龍男さんは、たえず舌を蹴っている感じと言われたことがある。そういうものを求めていた。

　私は、ジン・ベースのものが飲みたいと思った。そうかといって難かしいカクテルを頼んでバーテンダーに恥をかかせてもわるい。

目の前の棚に、ジンもあり、ベルモットもある。そこで、マルチニをくださいと言った。（マルチニのことを、マーティニと言ったり、マテネエと言ったりするが、私は、マルチニというのが、いわば癖になっている）

マルチニなどのカクテルは食前酒であるが、もはや食前も食後もない状態だった。それに、マルチニは、カクテルのなかのカクテルであるから、バーテンダーが処方を知らないはずがない。

そこで会った知人と話をしていると、目の前にカクテル・グラスが置かれた。ちいさいグラスである。そこに、緑色をした桜ん坊の如きものが楊子にささって沈んでいる。グラスの縁に、厚切りのレモンスライスが突きさっている。どうやら、オリーブもオニオンもないらしい。

とにかく、飲んでみた。いやあ、そのまずいこと、どうやったら、こんな味になるのかわからないくらいに、まずいのだ。

そこで、私は、目の前のジンの瓶を指し、それをオールドファッションド・グラスに注ぎ、ノイリー・プラットをすこし滴らしてくださいと頼んだ。

すると、フロア・マネージャー（そういう人もいる酒場なのだ）の如き人が、このノイリー・プラットは瓶だけで、中身は入っていないのですと言った。すると、さっきのマルチニは、どうやってつくったのだろうか。

仕方がないので、それではジンをいっぱい入れて、そのうえにビタースを二、三滴たらしてくださいと言った。すると、バーテンダーは、ビタースって何ですかと言う。

これではどうにもならないので、ではジンのストレートに氷をいれるだけでいいと言った。かたわらの女給が、あなたってお強いのねと言う。別に強いわけじゃない。

それをお代りしたりしているうちに、やはりマルチニが飲みたいという思いが募ってきた。そこで、好きではないのだけれど、ベルモットはチンザノでいいから、マルチニを一杯、ただし、チェリーもレモンもいらないよと言った。

こんど私の前に置かれたのは、タンブラーに入った焦茶色の液体であった。コカコーラの色をしていた。あるいは、チョコレート・キャラメルを溶かしたような色であり、そういう味であった。それでも、バーテンダーに悪いから、飲むことは飲んだ。

これが、東京のまあまあ、一流の下か二流の上という名前だけは有名な酒場の現状である。

私は、友人である、新宿の「いないいないばあ」のマスターである末武正明さんのつくったマルチニや、「クール」や「ボルドー」や、昔の東京会館のマルチニのことを思いだし、その夜は、寝床の中でも、それらの味がちらちらしていた。

うまくない葡萄酒

私は山本周五郎さんに一度だけお目にかかった。そのいきさつを書いてみよう。
『文藝春秋』で、武田泰淳さんと山本さんとで、映画について話をするという企画をたてた。そのころ武田さんは新聞に映画時評を書いていた。山本さんもよく映画を見ていた。文藝春秋の村田さんという若い記者が山本さんに対談に出席してくれるように頼みにゆくと、山本さんは、対談のあとで山口くんに会わせるなら引きうけてもいいと言ったのだそうだ。

私にとってはキツネにつままれたような話であるが、出版社のためになるならということで、築地の料亭の別室で待っていた。

対談をおえられた山本さんが、部屋にはいってきた。山本さんは、きみはこれだろうと言って、仲居にサントリー・ホワイトを持ってこさせた。築地の料亭にホワイトがあるわけがないのだが、山本さんは、あらかじめ、私のために準備させたのだろう。

また、山本さんご自身も、ウイスキーは、サントリー・ホワイト以外を飲まれなかった。

それが一番うまいのだと言っておられたのだが、本当にそう思っていたかどうかはあやしいものだ。

山本さんは亡くなる一年ぐらい前に、ホワイトから角瓶に変えられた。値段と級でいうと昇格である。それが山本周五郎ブームで、山本さんからすると余計な金のはいってくる状況における、いかにも山本さんらしい抵抗と節度だった。スコッチは口にされなかった。

ホワイトから角瓶までで山本さんの生涯は終った。いや、亡くなる直前にオールドにかえたという説もある。

*

私は、返礼のこともあって、一度は山本さんの仕事部屋を訪ねるつもりでいて、ついに果たされなかった。

ひとつには、山本さんが体をこわされていたからである。

仕事部屋へ行く坂道でころんで怪我をされたことがあった。私は、シメタと思った。なぜならば、怪我をすれば病院に行くだろうし、そうすれば内臓のほうの病気も診てもらうことになるだろうと思ったからである。

しかし、山本さんは、そっちのほうは拒否してしまって、あいかわらず酒を飲んでいた。

最後の最後まで、『朝日新聞』日曜版の小説を書きつづけていた。

山本さんの死も、一種の自殺である。

*

私は山本さんの葬式にも行かなかった。

たしか、三七日だったと思う。私は、新潮社出版部長の新田敞さんに頼んで山本さんの所へ連れていってもらった。

山本さんの家は本牧である。山本夫人の清水きんさんは、うちのひとはよくあなたの話をしていましたと言われた。ちょっと悔まれもしたが、生前にもう一度お目にかかったとしても大酒になることがわかっていて、山本さんの死期をさらに早くするだけのことだと思った。

それから、間門にある仕事部屋へ行った。岡の上の旅館の離れである。

欄間に山本さんの着物やマントが吊されていた。それは、まあ、粗末なものだった。薬や煙草や原稿用紙が、生前のままに机の上に置かれていた。

「飲みましょうか」

と新田さんが言って、山本さんが飲み残された葡萄酒を注いでくれた。山本さんは葡萄酒に関するかぎりは贅沢だった。

私は非常に期待したのだけれど、栓(せん)があけられて日が経(た)っている葡萄酒は、ちっともうまくなかった。

バー調査

私がサントリーに勤めていた頃、バー調査という仕事があった。いまは、そういうことが行われているかどうか知らない。

会社から金をもらって酒場へ行く。そこで飲みながら、ひそかに、一時間のあいだに、トリスが何杯売れるか、ソーダが何本出るか、他社の製品はいかに、オツマミは何が喜ばれているか、といったことを調査するのである。

酒好きの読者は、なんという楽しい仕事であるかと思うにちがいない。私だって、最初はそう思った。ところが、そうはいかない。これは実に大変な仕事であった。

まず第一に、会社から支給される金額のことがあった。昭和三十年代の初めの頃であったけれど、支給額は五百円である。これでもって三軒の酒場を廻るのである。しかも、一軒で一時間を費やすのである。トリスのストレートが一杯三十円という店もあった。だから、五百円以内であげることは決して不可能ではない。しかし、他人がうまそうなものを食べていればこちらも食べたくなる。だまっていてもオードブルまがいのものの出る店もある。こっちもたまには角瓶が飲みたくなるといった具合で、足を出すのが常であった。愛社精神がなければ耐えられる仕事ではない。

足を出すのはまだいい。

バー調査には、二人で組んでゆく。この場合、社員同士であるから支払いが五百円以上になったときは、割勘にする。しかし、酒好きでない社員、勘定を出し渋る社員、マネービルに精だしている社員と組んだときはどうなるか。

私は、実は、今日、思いがけない金が入ってね、だから払わせてくれよと嘘をついたりした。マネービル型の社員は、ほう、そうかね、思いがけない金かね、そりゃよかったね、それじゃあ悪いけれど……などと言って嬉しそうな顔をする。そうなると、翌日も別の嘘を考えないといけない。

第二に、二人で行ったとしても、酒場の繁昌するピークの時間に行くと、非常にいそがしい。ストレート、ハイボール、水割りと項目が違うし、ウイスキーの銘柄も違う。ハイボールのときは、ソーダを瓶でもらっているかどうかによっても計算が違ってくる。

それに、酒場というのは、ご承知のように、薄暗い店があるし、折れまがっていたり、アナグラのようになっている所もあったりする。さりげなく、のぞきこむというのもテクニックを要する。

そのへんまでは、まだいい。たいしたことはない。困るのは、次の場合である。

*

全く客の来ない店がある。マダムが一人、客は私一人というときがある。こういう店は、だいたいわかっているので、二人が一人ずつに別れて調査する。

知らない酒場に一人で入るのは、それだけで無気味である。池袋、五反田、大井町といったあたりは、当時は、私は怖かった。

女は、どうしてこの店へ来たかと訊く。答えるわけにいかない。誰に聞いてきたかと言う。答えられない。すると、女のほうでも薄気味わるくなるらしい。

無言で、はじめての店で、知らない女と一時間にわたってむかいあうのは難行である。女は、そのあたりのボスの情婦であるかもしれない。すると、私は敵方の密偵と見られているかもしれない。そうでなくても、トリスが何本、ソーダが何本と数えている目つきになっているのである。全く冷汗をかく。

古来、酒呑みや酒好きの数は無限といっていいくらいに多いだろうけれど、私のような経験は稀だろうと思いながら、時間の経つのに耐えて飲み続けていたのである。

ビールの利尿作用

　ビール、特にビヤホールで生ビールを飲むのが最高の贅沢だと思われた時代があった。私には、生ビールも、エダマメもソラマメも、ウインナ・ソーセージもハム・サラダも、ただただ有難いのだった。あれは昭和二十年代の終り頃までだったろうか。

　現在は、私にとってビールはあまり有難くない。うまいことはうまい。ただし、例の利尿作用が困る。そうでなくても私には頻尿の傾向がある。それに、嗜好が変ってきたということもある。

　昭和二十年代の終りということは、私の年齢も二十代の終りであって、もっとも飲めるときであった。

　ビヤホールへ行く。中ジョッキで、たて続けに六、七杯飲む。大ジョッキというのは、どうも重くていけない。それに、これみよがしなところも厭だ。

　中ジョッキでも五杯、六杯と飲んでゆくと、全身が寒くなってくる。風邪をひいたような感じになり、声もかすれてくる。そうして陶然となる。

一度便所へ立ったらもう駄目だという人がいる。栓が抜けてしまうのだという。そうなると、ひっきりなしに便所へ通うようになる。そうかといって、それだけの量を飲んでしまうのだから、便所へ行かないわけにいかない。

翌日は、たいてい、下痢である。どうも世の中のことは、すべてよしというわけにはいかない。

*

あるとき、ビヤホールで飲んでいると、顔見知りの女性に会った。

むこうは、社内の宴会の流れでもあるようで、七人か八人でさかんに飲んでいる。その女性は酒が飲めないようで、オレンジジュースかなんかを飲んでいる。

そちらが解散になり、彼女は私のテーブルに坐った。

「困っちゃうわ、みんなお行儀が悪くて」

私は自分が叱られているような気がしたが、そうではなかった。私は、どういうものか、あまり顔に出ないタチである。しかし、酔っていることは酔っている。

そのうちに、何度も便所へ立つようになった。我慢が出来ない。とても具合がわるかったが、煙草を買いに行くとか、家へ電話を掛けに行くとか嘘をついて便所へ行った。

私は今でも不思議に思っているのだが、男と女とでは膀胱の大きさや能力が違うのだろうか。彼女のほうも、ジュースやコーラを飲まされているはずである。それなのに、彼女は坐ったままである。

そのひとは、きわめておとなしい真面目な女性だった。家の方向が同じだということがわかったので、送って行くと引きとめていた。

*

彼女の家の前に自動車がとまった。正確にいうと、そこから三十メートルぐらい奥に彼女の家がある。

彼女がサヨナラと言って、家のなかに消えたとき、私は、やれやれと思った。実は、自動車のなかで、耐えがたい尿意に苦しんでいたのである。

私は、すばらしい勢いで放尿した。体内の水分が、すうっと減ってゆくのがわかるようで、まことにいい気持だった。

すると、彼女の家の玄関の扉が開いて、彼女がこちらにむかってくるのが見えた。

どうやら、彼女の部屋は二階にあって、こっちを見ていたらしい。私が立ったままで動かないのを見て、心配して様子をうかがいに戻ってきたのだった。

彼女は、私のすぐそばまで来て、キャッと叫び、家にむかって駈けだした。

いったい、彼女は私の何に驚いたのだろうか。

酒飲まぬ奴

何かで世話になった男を細君同伴で小料理屋に招待したとする。こっちも夫婦で出かけたとする。

ところがこちらの調査が不徹底であって、先方は二人とも酒を飲まぬということがある。これは、とても困ってしまう。あじけないのである。

こっちはどんどん飲みたいほうである。女房も手があがっていて、料理屋の銚子なら二本ぐらいは飲める。

そうなると私は手酌である。女房にも注いでやりたいのだが、坐った位置がわるく、手が届かない。女房はむこうの細君に調子をあわせて、あまり飲めないフリをする。

酒の飲めない人は気が利かないから酌をしてくれない。そもそも女は飲めないものときめてかかっている。

それでいいと思うかもしれないが、小料理屋のサカナは、酒を飲みながら食べるように出来ているのである。こっちはちょうどいいのであるけれど、むこうは忽ち幾皿も食べてしまって不満気な顔つきである。学生食堂じゃあるまいし、量が多いからいいというものではない。

また、酒の飲めない人にかぎって、好き嫌いが激しく、肉も駄目、魚も駄目ということがある。これにはガッカリしてしまう。

酒の肴は朝御飯のお菜と同じというのは池田弥三郎さんの名言である。つまり、ノリ、ナットウ、大根おろし、塩鮭などであって、こっちはそういったものが食べたいのに、先方は後できいてみるとオムレツとハンバーグ・ステーキが大好物であることがわかったりする。

それなら銀座の表通りのオリンピックか不二家でよかったのだ。相手が子供じゃないから裏通りばかりを考える。こちらの調査が行き届かなかったのがいけないのだし、先方の遠慮があった。

銀座の表通りでも、私は、「資生堂」で日本酒を飲んだり、白葡萄酒を氷のバケツにいれて持ってきてもらうなんていうのは好きなのだ。徳田秋声の『縮図』のファースト・シーンは「資生堂」になっている。もっとも、改装されて、二階から人力俥に乗った芸者を眺めるなんていうことは出来なくなった。

それから、私は、待合へ行って、肉屋で売っているイモのサラダやコロッケを買ってきてもらって、それで飲むのも好きだ。腹がすいたら釜あげウドンをとってもらう。

だから、先様次第で、どうにでも合わせることが出来る。

*

酒の飲めない人は本当に気の毒だと思う。私からするならば、人生を半分しか生きていないような感じがする。

体質でどうにも飲めない人は別として、すこしは修業されたほうがいいと思う。

フグをジュースで食べている人を見るのは哀れである。ビールでも駄目だ。フグは日本酒に合うようになっている。

カキは葡萄酒だろう。生ガキをビールを飲みながら食べている人を見ると、見ているだけで、こっちの腹がだぶだぶしてくる。

私がサントリーに入社したころは、社員はすべて剛の者だった。会社が終ると、それも半分は仕事であるが、サントリーバー、トリスバーへ押しかけてゆく。

しかし、なかには、全く飲めない人もいる。酒の会社だから余計に可哀相だった。

あるとき、そうやって大勢で飲んでいると、酒の飲めない社員の姿が見えない。私はそういうことが気になる質である。

表へ出てみると、彼は、当時の銀座の舗道にあった金の鎖に腰かけて、ブランコに乗っているように体を揺らしていた。私は声をかけることも出来ないで、あわてて店へもどっていった。

宿酔

この読物もそろそろ終りに近づいてきたので、宿酔のことを書かないといけない。

宿酔の治療法について、古今東西、いろいろのことが書かれているが、こんなに書かれているということが、すなわち、治療法は無いという証拠である。

芸術とは何か、小説とは何かというのが文芸評論家における永遠のテーマであり、永遠のテーマとなっているのは、要するに、わからないということであって、宿酔の治療法とよく似ている。

扇谷正造さんが、どこかの雑誌に「一日戦死」と書かれていたのを見たことがあるが、まさに言い得て妙であって、これにつけ加える言葉はないようだ。

だから、以下に私の書くことは気やすめにすぎないと言っていい。

＊

まえにちょっと書いたけれど、会社員であったならば、どんなに苦しくても、ラッシュアワーの電車に乗って出勤することである。遅刻してもいけない。電車のなかで人に押されて汗をかくといい。そのとき、つくづくと、飲みすぎてはいけないと悟ると思う。

さて、会社について、頭がふらふらして仕事ができないと思ったら、社内日誌を書くとか、机の抽出しを整理するとか、頭をつかわなくてもやれることで、後がさっぱりすることを、まずやってみる。

それでも駄目なら、屋上へ出て、歩いたり軽い運動をしたりする。あるいは床屋へ行く。とにかく、会社を休んではいけない。最悪の場合は、午前中だけ勤めて早退する。弱っているところを上司なり同僚に見てもらうだけでも効果がある。とにかく、あいつは、どんなことがあっても休まない、あいつが休むのはよくよくのことだと思わせるといい。宿酔は精神的な要素が強いから、こんなことでも、今日の一日が無駄ではなかったという満足感で苦しみが軽減する。

*

柿を食べるとか、牛乳を飲むとか、鎮静剤やビタミン剤を飲むとか、いろいろ言われているが、すべて無駄な抵抗である。

ただひとつ、これは荒療治であるが、迎え酒という手が残されている。理屈からすればいいわけはないのであるが、時によって成功することがある。

私の経験によれば、迎え酒はビールにかぎる。ビール以外のものは駄目だ。それも小瓶一本を限度とする。

宿酔で出社する。午後三時から会議、夜は宴会というときに、昼頃、ビールを飲む。この方法で何度か難を逃れた。私の考えは、不快な状態よりはホロ酔いのほうがマシだということにあった。

*

ある小説家が、強烈な宿酔状態で、六大学野球を見に行った。ムギ茶が出た。ノドがかわいているので、がぶっと飲んだ。それはムギ茶ではなくウイスキーだった。

誰かが気を利かせたつもりだったのだろう。その小説家はコップのウイスキーを飲みほして、こう言ったそうである。

「酒というものは飲めば飲めてしまうもんですね」

こういう迎え酒はいけない。それにしても強い人がいるものだ。

井伏鱒二先生は、ぬるい風呂にはいられるそうだ。その湯を少しずつ熱くしてゆく。そうすると、さっぱりとして、宿酔がなおってしまうという。

ある人が、先生、それからあとどうなさるんですかとたずねた。

井伏先生は、妙なことをきくなという顔で答えられたそうだ。

「きまっているじゃないか。また飲みはじめるんですよ」

大日本酒乱党宣言

酒乱とは何か。

私にはよくわかっていない。私のイメージを説明するのには骨がおれる。

以前に書いた文章から〝酒乱〟に関する部分をひろってみよう。

「飲もうといったときに最後までつきあってくれる人たち」

つまり、気のいい奴ということがいえるかもしれない。しかし同時に、意志薄弱、軽佻浮薄をまぬかれない。破滅型のところがある。

「単純で、純粋型で、感激型で、単細胞である」

ウラのない人物である。見えているところだけが、そいつの凡てである。思慮深いといったところがない。奥行きがない。

「他人のファイン・プレイを発見して喜ぶタチである」

ジャーナリストとは、他人のファイン・プレイを探して世の中に紹介する職業だと私は思っている。すくなくともそういう一面をもっている。このごろでは他人の私事をあばくのを本分とするジャーナリストがふえてきたが、こんなのはほんとのジャーナリストではない。新人の作家（各分野での）を発見し、発見することを喜び、当人の気のつかない立派な仕事をジャーナリスティックな目でとりあげて育てるのが新聞記者や雑誌編集者の仕事だと思う。

ジャーナリストには概して大酒飲みが多いように思う。交際、とくに酒のうえのツキアイが仕事になっている関係もあろうかと思う。酒によって考えを飛躍させ、アイディアを得ることもあるだろう。酒によって頭の回転を早くする（幻想かもしれないが）必要もあるからだろう。疲れた頭をやすめ、あるいは頭のきりかえのために酒を飲むということもあるだろう。

私は十九歳のときに雑誌の編集員になり、以後それにちかい職業をずっと続け、現在もジャーナリストとの交際が多い。大部分は善人であり〝酒乱〟であるように思う。

「酒場に対する支払いのやり方がキレイでなくてはいけない」

〝酒乱〟はすでにして、やや乱れたところがあるのだから、支払いがキレイでなかったとしたら、第一、酒場へ入れてくれなくなる。

キレイとは何か。

大金をじゃぶじゃぶつかうということではない。その都度キャッシュではらうということとでもない。飲んだ以上の金を置いてゆくということでもない。もちろん、そんなことは不可能という前提にたったうえでのキレイである。

私はずっと長い間、安月給取りであった。現在は安月給取りとはいえなくなってしまったが、収入が非常に多いというわけではない。それで、何故、大酒が飲めるかという質問をうける。昔から生意気にも高級酒場に出入りする。それは十年前と今と変りがない。何故そんなことが出来るのか、何故そうするのか、という質問をうける。お前はタカリじゃないか、とも言われる。絶対にそうじゃないとも言いきれないが、まあ、タカリヤで飲んでいるわけではない。

キレイとは何か。誠心誠意である。マゴコロである。銭がないのだから、こちらは人間性でもってぶつかるより仕方がない。真実一路である。

バーがある。本来のバーという意味上のことは別にして、東京の銀座とか新橋とか新宿のバーは、マダムとバーテンダーとホステスとでなりたっている。これにマスターとボーイが加わることもある。大きなバーでは、ドア・ボーイや、クロークの女性や勘定係がいるところもあるが、まあ、マダムとバーテンダーとホステスの三者と考えてよい。マダムとは何か。経営者である。バーテンダーとは酒である。ホステスとは〝おんな〟である。

よいバーとは何かという定義を考えるとするならば、まず〝よい酒を飲ませる店〟ということになるだろう。よいバーテンダーのいる店ということになる。しかし、私のようにサントリー・ウイスキーのストレートしか飲まない（稀にジン・リッキー、ジン・トニック）者にとっては、よい酒という項を除外してもいいだろう。

経営者であるマダムは〝かげの人〟と考えてもいいだろう。

すると、残るのはホステスである。おんなである。非常に大雑把にいうと、よいバーとはよいオンナのいるバーなのである。私自身のバーに対する態度は、実はそうではないのであるが、一般的にいえばそういうことになる。かりに、銀座のバーのホステスのベスト・テンを選び、これを一室に集めた酒場を経営すれば、繁盛疑いなしである。

しかし、バーテンダー協会のベスト・ファイブが集まった酒場に客が殺到するかというと必ずしもそうはいかないと思う。

井上みちこ、上羽秀子、川辺るみ子、新藤涼子、花田美奈子（アイウエオ順）といったような有名マダムが一堂に会した共同経営酒場がはやるともかぎらない。私などは怖ろしいような鬱陶しいような気分になって、その店の前を通ることもできないだろう。

つまり、一般的にいって、よいホステスのいるバーが繁盛するのである。そのぶんだけが他のバーより高価なのである。

ここにホステスに無関心の男がいたらどうなるか。その男には多少やすく飲ませたっていいだろう。

　私は酒造会社の宣伝部員という立場もあるが、自分のいきつけのバーが繁盛することをねがっている。そのためのアイディアをずいぶん提供した。成功もあれば失敗もあったが、マダムに対する誠心誠意だけは通じたことと思う。マッチのデザインだけでもずいぶん考えた。バーのマダムというのは案外細かいものだから（それだけ熱心でもあるが）、箱型や紙質や軸木について先方が気にいるまで徹底的に通った。マゴコロこめて。だから、私の勘定の取りたてには多少のテゴコロがあったのだろう。これを私は恥ずかしいことだと思っていない。酒好きの客と酒場の経営者との人間と人間との交際だと思っている。威張るつもりもないが、誠心誠意があればいつでも飲めるし、生涯、そうやって飲もうと思う。どうせ、お互いにお世話になるんだから。

　高級酒場とは何か。

　高級酒場とは、よい客の集まる店である。客種のいいバーである。前言をひるがえすようであるが、私にとってのいいバーは客種のよいことだ。それは結局はマダムやバーテンダーやホステスがいいからよい客が集まるのであるが、マダム一人の汚ない小さなバーでも客種はよいということはあり得る。大きかったり、調度がよかったり、立地条件がいいから高級酒場というわけにはいかない。私はお客さんこそ最高の装飾品だと考えている。従って、汚ない、酒の種類のすくない店にも、身分不相応の高級なバーにも出入りするのである。

化粧室にはいるのにチップのいるバーがある。貧乏で酒好きのお前にはその百円が惜しくないか、酒乱としては邪道ではないかと詰問する友人がいる。しかし、私は気分が悪くなった客を化粧室のオバサンが実に適切に介抱しているのを目撃したことがある。酒乱の私としては、いつそういう羽目におちいるかわからないので、その百円が惜しくない。安心感をもって飲めるのである。

さて、酒乱とは何か。

ある冬の夜、酒乱と目される友人の一人が新宿駅でスキー帽をかぶってリュックサックを背負って立っているのを見かけた。そばに三人の子供と、スキー・ズボンの中年女性がいた。彼はすっかり照れてしまって紹介してくれなかったが、それが彼の家族であり、これからスキー場へ出掛けてゆくところであることがわかった。あとで別の友人にきいたところによると、彼は毎年、何度も家族づれでスキーにゆくのだという。それは酒場の彼からは想像できない風景であった。

去年の秋の日曜日。深大寺の蕎麦屋で飲み仲間の一人が、やはり家族づれで手うちそばを食べているのを見たことがある。彼の家は都心にあって深大寺までは相当の距離がある。「深大寺もこのごろは荒れてしまって」という彼の言葉をまつまでもなく、彼が近郊の公園や遊び場に家族中でよく出掛けるらしいことがわかった。

ついこの間、六本木の中華料理店のツイタテのかげに……というふうに思いだしてみると、酒乱といわれる友人たちが家族サービスに熱心なのがわかる。

酒乱という言葉の反対語として、私には「女たらし」が浮んでくる。酒乱はホステスにはチョッカイをださないのである。家族サービスに熱心なヤサシイヤサシイ男たちなのです。酒と女はツキモノといわれるが、酒乱と女はくっついていない。第一、そんなに金はない。女につかう金があれば、そのぶんだけ余計に飲もうと考える。

酔って乱れぬ、という人がいる。世の中にこんなつまらぬ男はいない。乱れるのもむろんよくないが、あなたの周囲で酔って乱れぬ人たちのことを考えてごらんなさい。ウイスキーを二瓶あけて全然平気なんていうのは、人間としても信用できない気がする。相撲じゃあるまいし。

低血圧症状が多い。酒がすこしはいると正気になるのである。高血圧の酒乱というのはよろしくないし、危険である。低血圧はまた夜行性をもまぬがれがたい。

純粋である。だから酒にむかってゆく。傷つきやすい。だから酒を飲む。泰平ムード、年功序列、官僚化といったようなことが堪えがたい。落伍者意識がある。神経過敏である。

鬱屈している。

アルコール中毒ではない。そういう人は病院へ行けばよい。仕事熱心で大酒飲みで女嫌いという人にはどこかにスカッとしたところがある。何かに徹底しようとする気味あいがある。

私のいう〝酒乱〟のイメージは、ざっといって以上のようなものである。「母と子で酒乱の父を殺す」という三面記事の酒乱ではない。家族を愛しているのである。嘘だと思ったら山本周五郎さんの「ちゃん」という小説を読んでごらんなさい。みんなに愛される酒乱のことが書いてあるから。

私は酒乱がいいなどというつもりはない。酒乱を愛しているだけだ。酒を飲んでないときの酒乱なんてのはもっとも神様にちかい。私も立派な〝酒乱〟になりたいとねがっている。軽佻浮薄であり、かつ立派というのが理想である。

宴会三題噺

「今日の宴会は女子ばかりですから」

というので、どういうことになるのかと思っていると、女は一人もいなくて、三十歳から四十歳ぐらいまでの、男子ばかりが集まった。

「女子はいないのですか」

「いないことはないんですが、この町のJ・Cには一人もいません」

J・Cを女子と聞き誤ったのであった。J・Cは青年会議所の略称である。

どの町へ行ってもJ・Cのお世話になることが多い。徹底的にサービスしてくださる。

名所旧跡やゴルフ場に案内してくださる。申しわけないと思っていると、そのなかの一人が言った。

「なあに、いいんですよ。こんなことでもないと女房のそばを離れられませんから」

私に対する心づかいであるが、三分の一くらいは本音だろう。小さな町ではそんなこともあろうかと思われる。

宴会はいいけれど、献盃は困る。今日は手強いぞと思われるときは、あらかじめ幹事の方に献盃廃止を提案していただく。それでも駄目なのだ。座が乱れてくると献盃がはじまる。日頃、大酒飲みであるかの如き原稿を書いているので、断わりようがない。受けるのは一人だから参ってしまう。マイペースもなにもあったものではない。それに、私の酒は、飲めば飲むほどに強くなる、うまくなるという酒だから困る。つまり、私のほうでも浮かれてしまうのである。飲まなければそれですんでしまうのだが、お銚子二本はいったら駄目だ。あとをひくというダラシのない酒なのだ。そのかわり翌日は廃人同様となる。だから、一年を半分に、一生を半分しか生きていない気分になる。そうして、どういうものか最後に飲んだ酒がうらめしくなる。

「あのおしまいのブランデー二杯がいけなかったのだな。あれさえ飲まなければ」

と思うのだが、どの場合にだって、最後の一杯が存在することに気づいていない。

大酒飲みと書いたが、北国を廻ってみると私など足もとにも及ばないと思われる酒豪がずらりとならんでいるのに驚く。六十歳、七十歳という、市の長老たちは全く強い。献盃がはじまり、座が乱れると、禿頭の乱舞となる。こういう光景を見ると、

「肝臓病怖るるに足らず！」

と思い、大いに愉快になり、大いに安心する。

そういう北国に出発するときに、ある友人が言った。

「あそこは気をつけなさいよ。とにかく物凄いから。献盃には気をつけるんですよ。テキは一歩も退きませんからね」

彼がその土地へ行ったとき、献盃をさけるために、ウイスキー以外は飲まないと宣言し、女中さんに瓶を持ってきてもらって、タンブラーにいっぱいに注ぎ、これをちびちびやっていれば難を免れると思った。たしかに妙案である。

はたして、一人の老人がお銚子をもって進み寄ってきた。

「まあ、おひとつ……」

「いやあ、私は、これですから」

老人は、しばらく、彼のタンブラーを見つめていたが、

「それでは、お流れをちょうだいします」

そういって、静かにタンブラーを口許にはこび、一息で飲みほした。

「はい、御返盃！」

いっぱいにウイスキーを注いで動かない。お流れを待っているのである。友人は完全に潰されてしまった。

私は献盃の良さも認めるものである。特に芸者さんにではなく、中年の女中さんに、

「まあ、あなたも、ひとつ」

とやる気分はいいものである。しかし、応酬が激しくなって自分のペースがくずれるの

が困る。あれは悪く酔う。

歓送迎会。慰安旅行。忘年会。新年会。

サラリーマンに宴会はツキモノである。宴会をさぼってはいけない。私は宴会を欠席するサラリーマンを信用しない。なぜならば、宴会は仕事だからである。

たとえば、課長は、ふだんの日には言いにくいことをそこで言いたいと思っているかもしれない。会議のときにも言いにくいことがある。

すこし酒がはいったほうが言いやすいといった事柄もある。いくらか精神主義的な御説教は、酒がはいってないと言えない。

自動車の運転に夢中になって、休日は家庭サービスのドライブで、どうも日頃の精彩がなくなったというようなことは、会社ではいいにくい。

「家庭サービスをするな」

とは言えない。二次会で言ってやろうと課長は思っているかもしれない。こういう忠告は、自腹をきった酒席でないとまずい。だから、宴会を欠席するとモヤモヤしたものが溜まってしまうのである。仕事にひびく。

言わせたほうがいい。そうして反論もすべきである。いま、若いもので運転ができないというほうがおかしい。たとえば、アメリカの支社に転勤になったときに困りますから、といったふうに。

「今日は無礼講だ！」

と上役が言ったとしても、決して油断してはいけない。宴会も仕事だということを忘れないように。

宴会での失敗は、あとあとまでの語り草になる。誰と誰とが大喧嘩したというようなことは、会社にいるかぎり、何年間でも誰かが覚えているものである。そういうことで評価されるのは損である。喧嘩をするなら、別の席でやるべきだ。あいつは取引先との重要な宴席には出せないと重役連中に思いこまれたらまずいことになる。

もし、不幸にしてそういう事態が起ったら、出社してすぐに相手と和解し、上役に経過を報告して謝罪すべきだろう。シコリを残してはいけない。

部内での宴会は中国料理が多い。人数がふえるほど割安になり、油っこいもので酒を飲むのは体にもいいからだ。

最後の鯉のから揚げになると、もう皆が満腹になってしまう。これを必ず持って帰る社員がいた。そのことを予期して空の弁当箱を持ってくるのが、なんとも汚ならしいのである。彼の渾名は「グシャ」である。鯉を弁当箱に押しこむときにグシャッと音がするからだ。もう名前も忘れてしまったが渾名だけはおぼえている。仕事のうえで、そいつに積極的に協力しようという気分になったことは、一度もなかった。

この頃の若い人は酒が弱くなった。

十年ぐらい前に、私たちの会社でバスによる一泊の社員旅行が行われた。一人に一本ずつサントリーの角瓶が支給された。帰りのバスでは、もうウイスキーがなかった。体質的に飲めない人もいて、そのぶんも飲んだのだから、確実に一本以上を飲んでいる計算である。宿酔の人がいても当然なのだが、全員意気軒昂たるものがあった。酒屋の前でバスをとめて、ほとんどの人が窓から手をだして一升瓶を買いもとめた。田舎の酒屋にはウイスキーがなかった。

洋酒会社であるから日本酒を買ったり飲んだりすることが、ちょっとした利敵行為になりかねないが、そんなことをいっていられない。全員が飲みたりないのであり、それほどに強かった。それほどに当時の宴会は楽しかったともいえるだろう。

いまだと、女性を交えた十五、六人の宴会で、持ちこみの角瓶三本が飲みきれないで、さらのまま残った一本を、クジビキで持ってかえるようなことになる。情けない。

ひとつには、レジャーが激増したためだろうと思う。ボーリング、レーシング・カー、室内プールといったことで金をつかいはたしてしまって、飲酒習慣がうすれ、自然にアルコールに対して弱くなっているのだろう。おそるべきことだ。大敵は、なんといっても自動車である。

余興はあんまりうまくないほうがよい。あの人がこんなものを、といった意外性程度にとどめておくのがよい。それがかえってうけるし、無難でもある。謹厳実直で、やや内気な中年の経理課員がいた。彼は『聖者の行進』と『セシボン』をアームストロング調で歌う。歌いおわったときに、ちょっと飛びあがる。それが非常に可愛らしく見えるし、はじめての人はびっくりする。みんな笑いころげるし、アンコールがかかる。

出しものはそれだけであるが、毎年、私たちは楽しみにしていた。これくらいの用意はサラリーマンとしては必要だろう。レコード一枚買ってきて、三日も勉強すれば、定年まで大丈夫だ。

アームストロング調ということと、飛びあがるところに彼のアイディアと演出がある。これをベラフォンテやイブ・モンタンで非常にうまく歌うと興ざめになるのである。愛嬌がない。

また、彼が『枯れすすき』を歌ったとする。考えただけでゾッとする。一座が陰気になってしまう。仁にあいすぎてしまうのであって、俺も彼と同じように枯れすすきの一生を送るのかと、暗タンたる思いに、ひきずりこまれてしまう。すなわち余興むきではない。

私にとって、もっとも耐えがたいのは、森繁節である。森繁さんが森繁節で歌うことは一向にさしつかえないが、素人が宴会の余興であれをやるのは、やりきれない気分になる。

森繁さんは歌はやっぱり素人だろう。素人の工夫が、あの節廻しを考えだしたのだろう。素人を逆手にとって成功した節だろう。そいつをまた真似るという気持が実に厭なのである。宴会では必ずこれをやる人が一人はいる。特に歌に自信がある人がやるのである。素人は素人らしくやってほしいものだ。『鉄道唱歌』の全曲六十六番まで歌う人もいる。記憶力のよさは、もっと別のところで発揮してもらいたいものだ。教育勅語をやりだす人、歴代天皇の名を暗誦する人もしかり。

専務や常務が、突如、最新流行の、女子社員にも人気のある歌を歌いだして、びっくりさせられることがある。

あれは仕掛けがあるのである。

私は、はじめ、なんと下情に通じた偉い重役であることかと感激してしまったが、重役は前日に秘書を通じて、もっともうけそうな歌を調査して、レコードを買ってこさせて、一夜づけで学習してくるのである。私は、重役の膳の前にぴったり坐って動かず、ついにそのことを白状させてしまった。

しかし、そのことを笑ってはいけない。重役もこのくらいの努力はしているのである。これに対抗するためには、こちら側も努力しないといけない。

II

食の話

食通

軍隊にいたときに、おなじ内務班に変な兵隊がいた。彼はたいへんな怠け者であって腕力が強くて、弁舌がたって上官にとりいるのがうまかった。上官たちは彼を軽蔑していたが、叱ったりはしなかった。きっと何かで利用していたのであろう。仕様のない奴だというだけだった。相撲取りになってもおかしくないくらいの大男だった。大男のくせに臆病なところがあった。要するに嫌な奴だった。私とおなじ初年兵のくせに、上等兵の態度でふるまっていた。

鉄兜を紛失して、炎天を行軍するときも無帽で歩かせられたおとなしい兵隊に「鉄帽」という渾名をつけて、あくどくからかった。「おい、こら、鉄帽!」と言った。

彼は喰い意地がきたなかった。いつも炊事場にいりびたっていた。体が大きいので余計に食べないといけないのであろうが、それだけではなかった。食べすぎて、唇の端に腫物ができていた。いつも下痢ぎみだから行軍では必ず落伍した。班長は仕様のない奴だなと言った。炊事場へ行って、残飯や腐った食物を漁っているせいだという噂があった。

なまけ者の彼は内務班の仕事には見むきもしなかったが、食事のときだけは別だった。目の色が変ってしまう。俄然、いきいきする。飯や汁を盛るのを他人にまかせることができないのである。それは自分の領分だという顔をする。下痢で寝ているときも飛びだしてくる。がまんができないのである。

盛りつけを自分一人でする。他人には決してさわらせない。あっちを増やし、こっちを減らしして、実に長い時間をかけて、公平に盛る。自分だけ余計に盛るということをしない。食卓に飯と汁と菜がならんだときは、まさに芸術的といっていいくらいに正確に等分に盛られていた。汁の実まで等しかった。

このことから考えると、彼は、誰かが誰かより余分に食事をとるということに耐えられなかったのだろうと思われる。そういうことに我慢ができなかったのであろう。

*

食通といわれる人々に共通するひとつのことは、食事の際の世話好きという点である。いろいろ助言し、口出しをする。能書をいう。料理屋で一緒に食事をすると、何かにつけて便利である。料理人にだまされるということがないので、安心である。しかし、すこしうるさいなと思うことがないわけではない。どうでもいいじゃないか、と思うことがないわけではない。

食通といわれる人の一人と中国料理を食べたことがある。料理屋に近づくにつれて彼の目は輝いてきて、挙措動作は活気を呈してきた。声もこころもち上ずってくる。テーブルについて、少女がメニューを持ってきたときに、彼は、

「おい、どうだ、今日はひとつ注文をつけないで、おまかせでいってみようじゃないか。たまにはそれも面白いよ。コックさんにまかせるんだ」

むろん、私は賛成した。私は彼にまかせたのである。私が何か言ったって採用してくれないにきまっている。そういう無抵抗の心安さを願って彼に同行したのである。彼はコックに自分の名を告げてくれるように少女に頼んだ。料理が運ばれてくるまで、彼は両掌をテーブルの下で激しくこすりあわせていた。唇も舌も喉も食道も胃も脳神経も、料理を待ちかねているように見うけられた。

最初の一皿が運ばれてきたときに、

「これだ！」

と彼は叫んで、その皿が食卓に着かないうちに長い箸をのばしてなかのものを摑んで口にいれ、皿が食卓に置かれて、まだ少女の手が皿から離れないうちに次の箸をのばして二口目を口へ運び、「うまい。これこれ」と言って、私が最初の一口のための箸をつける前に彼は三口目を食べてしまった。私は彼の悪びれない態度、自分をいつわらない態度を健康だと思い、嬉しくなった。一緒に食事するにはこういう男にかぎる。

このようにして、七対三、八対二の比率の分量で食事をすすめていった。これでも私としては彼のおかげで大いに食がすすんだわけである。蝦を唐辛子と大蒜で甘辛く煮た皿が出たときに、私が、

「このドロリだけで、御飯が三ぜんぐらい食べられるのにね」

と言うと、彼は我が意を得たりという顔でうなずいて、私の目を見て笑った。

三度目のスープが終ったときに彼は急に元気がなくなった。蒼い顔で、ふうと溜息をついた。彼はあまりにも物凄い勢いで食べはじめたので、満腹になってしまったのである。

そのあとも、なかなかに凝った料理が出たが、彼の箸さばきは緩慢になった。

「しまった、しまった。ちぇっ」と呟いた。

*

もう一人の食通の家に招かれてスキヤキを御馳走になったことがある。彼のスキヤキは関西ふうであった。

実にこまめに万遍無く箸を動かして調理してくれる。彼の箸の触れなかった肉・葱・白滝・豆腐・椎茸・春菊はひとつも無かったように思われる。箸の先きで、ちょっちょっと触れる。それはどの具にも愛情をもっているような触れ方である。

うまいことはうまいのだが、せわしないような気持になる。落ち着かない。

私がおそるおそる箸を出すと、

「おっと待った。そのへんはまだ駄目だ」と言う。

もういいかと思って坐りなおすと、

「やあ、煮つまったなあ、割下をいれよう」

「薄味になったかな。ちょっとそのはじっこの葱を一本食べてみてよ。（彼は肉を口にいれる）……ああ、やっぱり、駄目だ。砂糖をかけよう。（台所のほうへ）おおい、醤油がきれたぞ」

ということになる。私は固唾をのんで控えていないといけない。まさか砂糖がのっかっている肉を食べるわけにいかない。

「よし、さあできた、うまいよ。さあ喰ってくれよ。俺もいくかな。お先きにごめんなさい」

彼が、いいところの肉を二片とると、そこに大きな空間ができてしまって、あとには情けないような、ひねこびたような肉が残っているだけだ。

この繰りかえしで、終局となる。

「やあ、喰った、喰った。うまかったなあ、ええ、おい」

肉も野菜もかなりあったはずなのに、私の実情をいえば、空腹が満たされていない。まさかそんなことはないと思うが、春菊と肉を一片だけはたしかに食べたなという印象しか残っていない。

彼は上機嫌になって、小さな娘をよんで踊りを踊らせる。

「ちぇっ。娘手踊りでごまかそうとするのか。なんてまあ、愛嬌のない顔をしてる娘なんだろうなあ。オヤジそっくりだ」

＊

食通といわれる人たちに共通している点はなんだろうか。第一に彼等は大食漢である。そうしてブクブクに太っている。喰い意地がはっている。次に、彼等は一様に食事に関しては世話好きである。はじめに紹介した私の戦友は田舎にかえって、いまではきっと食通で通っていると思う。第一の資格は大食漢だから。しかし、私はこう思う。ほんとの食通は食物の味をほんとに知っていなくてはいけない。これは、だが確かめようがない。それから、こうも思う。食通であるならば、一緒に食事する人に対する心づかいがもっとあってしかるべきではなかろうか。

ハヤシライス

取材のために飛行機でQ市に行くことになった。直通でなく、飛行機はいったんP市の空港におりた。飛ぶまでに二十分ぐらいあるというので、喫茶室(きっさしつ)で食事をしようと思って、そっちのほうへ行くと、ガラスのケースのなかにハヤシライスとカレーライスの見本が置いてあった。急ぎの客が多いので、食事は主としてその二種類なのだろう。

「カレーライスをください」

メニューを持ってきたウェイトレスにそう言った。五分ぐらいで、それは私の前に置かれた。それはハヤシライスだった。私は、俺(おれ)はハヤシライスを頼(たの)んだのだと自分に言いきかせた。

＊

Q市の空港には、友人のAがむかえにきていた。そこで発行されている地方新聞社に勤めている友人である。彼は、私の泊(とま)るホテルの食事がいかにまずいものであるかを力説(りきせつ)した。ホテルの食事なんかどうだっていいのだけれど、あんまり力説するので、彼のすすめる西洋軒という洋食屋へはいることになった。なるほどよさそうな店だ。おそらく、この町の有力者はここで会食をするのだろう。そういう感じの店だ。

「おたくは、何がおいしいの?」

若いウェイトレスにきいた。彼女はしばらく考えてから、

「ステーキです」と言った。言われたときに、私は食欲がないことに気づいた。ハヤシライスを食べてから二時間半しか経っていない。いまいましいような気持でメニューを眺めた。

「ステーキは無理だな。……コロッケをください」

「パンですか、ライスですか」

「御飯です」

「スープをめしあがりますか」

「そうだね、コンソメをください」

ウェイトレスは、次にナプキンと水と、パンとバターを持ってきた。そのことについては何も言わないことにした。御飯がきたって食べられるかどうかわからないのだから。

食卓のうえに赤葡萄酒の瓶があった。

「この葡萄酒は、一本飲まないといけないの。一杯売りはないの」

ウェイトレスはひきさがって仲間と相談していたが、やがてワイングラスになみなみと注いだやつを、おそるおそる持ってきた。どういうものか白葡萄酒である。私はどんな酒でも有難がって飲むが、白葡萄酒だけが苦手なのである。頭が痛くなる。しかし、そんなことといったって仕方がない。飲めないというのではないのだから。

やがて、ウェイトレスは、ポタージュを持ってきた。持ってこられると、私が飲みたかったのはコンソメではなくてポタージュだったような気分になるから不思議なものだ。もう一度メニューを見ると、スープの項には、ただ単にスープとあるだけだった。

次に私の前に置かれたのは、実にどうも妙なことにエビフライだった。

ウェイトレスは全部間違っているのであるが、部分的には合っている。すなわち、たしかにナイフは魚用であったし、だとすると、白葡萄酒でいいわけだ。○×式の試験では零点をとることが不可能であるように。私はそういうことにはなるべく文句を言わないことにしているので、何も言わなかったが、店を出るときに、自分が別の人間になったような気がした。日本映画を見ようと思って映画館にはいったら、それは次週上映で、西部劇を見てしまったような塩梅だ。

*

取材を終って、ホテルの部屋に寝ころんでいると電話がかかってきた。それはAで、ロビーにいるという。何かうまいものを食いにいこうという。こんどは私も腹がへっていた。Aに連れていかれた店は満員だった。

「へえ、すいまっせん。お電話いただくとよろしかったんですが……。あの、もしよろしかったら子供の勉強部屋を片づけますが」

私のほうでことわって、別の店へ行った。その店ではAはあまり顔がきかないらしく浮かぬ顔をしていた。

坐るのにはいかにも窮屈で危っかしく、といって、腰かけると蕎麦みたいになってしまう畳敷のところにあがった。家のなかに廂が突き出ていて、そこに桜の造花かなんか差してあるのである。だから、そこはやはりあがって食事する部屋なのだろう。むかい側にカウンターがあって、お尻をむけた客がいる。そこと私たちの間は通路のようになっていて人通りがはげしい。大皿を二階へはこぶ女中さんが通るときには、頭をかたむけてよけないといけない。

これがまた実に奇妙な店だった。私は枝豆と鮎を頼んだのに、酒はいくらでもくるが、三十分たっても肴がこない。催促すると品切だという。それじゃあ、なんでもいいからというと、レバーのバタいためが出てきた。いかにも落ち着いた、年輩の、ちょっといい着物をきた、色っぽい人が女中さんで、尻っぱしょりをして、色白で背が低くキイキイ言っているのがお女将さんだということが次第にわかってきた。

帰ろうとするところへ鮎の塩焼きがきた。

「なかったんじゃないか、これは」

「いえ、あるんですよ。野暮なこといわんとはよ召しあがれ」

女中さんのほうが、にこやかに言った。

*

そこを出ると、Aはキャバレーへ行こうという。私も、自分がキャバレーに行きたいような気分であることを知った。車に五分ぐらい乗って、キャバレーに着いた。非常に大きなキャバレーである。常識ではとうてい考えられないくらいの大建築である。

キャバレーの前に怪しげな女が五、六人たっていた。いや明らかにその種の女性である。入口のところに大看板があって、そこには次のように書かれていた。

「当店は紳士の社交場ですから、長靴・地下足袋・作業着・腹掛けの方は入場をお断りします」

私は自分の衣服をたしかめてから、ずんずんはいっていった。

煙草の煙たなびく一大社交場であった。キャバレーとは、そこで馬鹿騒ぎをするか、馬鹿騒ぎを見物しながら、だまって静かに大酒を飲むところだと思っていたが、いやどうして、紳士淑女の集まる社交場であった。戦闘帽に板裏草履でタンゴを踊っている客もいたが、これがレジスタンスという奴だな。私は社交嬢に何か飲むようにすすめた。

「レイコー」と彼女は涼しい声で言った。

「レイコーってなに?」

「ねえ、ボーイさん、レイコー持ってきて。くればわかるわよ。あんたレイコー知らんの。田舎から来たん?」

「そうだよ」

「レイコー知らんのなら、田舎の人にまちがいないわ。へええ……。きいてみなきゃ、わかんないもんね」

レイコーは、冷たいコーヒーであった。

＊

今回の旅は、どうもハヤシライスだった。空港でいきなりハヤシライスを食べたからそういうのではない。ハヤシライスというのは、どんなにうまくても嘘くさい味がする。贋物である。カレーライスはまずくても〝一個の人格〟みたいなものをもっているのに。

葱鮪鍋

山本健吉さんの『句歌歳時記』に吉野秀雄先生の歌が出ていた。

下仁田葱を呉るるならひの三たりゐて歳暮には葱の大尽となる

私はこの歌が好きなので、嬉しいような懐かしいような思いをした。私は、歌にかぎらず、すべてのすぐれた芸術家（第一等の芸術家）はユーモリストであるはずだという持論を持っているので、この歌は先生の資質を証明しているような気がして、それで好きだというところがある。

ユーモリストとは、世のなかの喜びや悲しみのわかる人ということになろうか。先生のこの歌は、どことなく滑稽である。それから悲しいところがある。それでいて全体として豊かな感じがする。

私も、暮になると、いろいろな人から葱を貰う。これは気分のいいものだ。友人から深谷の葱を貰う。近くの農家の人から、この近所で穫れた葱を貰う。料理屋で、正月用に仕入れた葱の一束を貰う。いずれも、その葱の白いところが目に沁みるように白い。家を留守にしていて、誰方かが庭に放り出すようにして葱を置いていってくれることがある。三月も経って、あれは誰某の呉れたものとわかったりする。

葱を貰うと、庭に浅い穴を掘って葱を置き、土をかける。暮に貰った葱が、一月の末から二月の上旬まで残るのが常である。私の家は女房と二人きりの生活だから、朝は葱の味噌汁、夜は葱鮪鍋という日が続く。私は葱の味噌汁が好きだ。なにか体にいいような気がする。葱鮪鍋も好きだ。これは造り方が簡単であるところが好きだ。材料は葱と鮪だけでいい。鮪が無くなると、そこにあったものを何でもいれて、ゴッタ煮のようになってくる。だから、まあ、私の家での葱鮪鍋には運不運があるのであって、だからそれが自然に客の運不運になる。最後に、御飯茶碗一杯分の飯をいれてオジヤにする。一緒に鍋物をすると、とても親しみが湧く。

＊

葱鮪鍋がうまいと言うと、
「あんたは、糖尿病で、ふだん甘いものを食べていないから、なんでもお砂糖をつかったお料理ならおいしいと思うのよ」

と、女房が言う。

私も、そのことを、つくづく情けないと思うことがある。それまでは見むきもしなかったビスケットなんかをうまいと思って食べることがある。チョコレートまたしかり。食べものの好みが幼児に戻ってしまうような気がする。

同じく糖尿病であった吉野秀雄先生は、水がうまいと言っていた。この病気の人は、やたらに水を飲むのである。なかには夜中に一升も二升も飲む人がいる。


　塩鮭を食ひて渇けば寒の水うましうましわが生きざまぞこれ

これも先生の歌である。糖尿の人が塩鮭を食べたんではたまらない。酔いざめ、塩鮭、寒の水、糖尿病と加わってくるのである。この歌も、悲しく、かつ、滑稽である。

先生は、また、糖尿病のおかげで、ちょっとした甘味にも敏感になったと言われた。それが有難いとも言っていた。先生が亡くなった年、長崎に講演旅行に行ったので福砂屋のカステラを送った。左は先生の礼状の一節である。

「然るにその後長崎より福砂屋のカステラとどき、恐縮いたしました。糖尿でも何でもがまんできず、二切れ食べさせてもらひました。いまだに口中に美味残り居ります」

先生はその一カ月半後に亡くなった。糖尿病患者のいる家にカステラを送ることは、まことに非常識であるが、喘息と心臓発作で、先生はどうにもならぬ状態であったと思う。私は長く後悔したが、いまでは、口中の美味のほうを喜ぶことにしている。

＊

葱鮪鍋は、昔は、あまり品の良い食べものではなかった。いまだって、そうだろう。しかし、鮪の値というものが、どうにもならないような値になってきた。葱鮪にはトロがいいが、そのトロが高い。

二年ぐらい前には、オデン屋へ行くと、葱鮪という札がさがっていた。この値というものが、別格であったのが、それは高い所まで登りつめたものであって、とうとう姿を消してしまった。

私が料理屋で葱鮪鍋を食べたことは、二度か三度であったと思う。それもオデン屋に毛のはえた程度の店だった。葱鮪鍋のうまい店はどこであったのかも知らない。このままの状態が続くならば、そういう店は無くなったままになってしまうだろう。

鮪だから、葱マ鍋である。私のところでは鮪が無くなってしまって、前日に魚屋から買ってきた刺身の残りを使うことがある。

「おい、これは何だ」

「葱ハ鍋です」

「ハとは何ですか」

「ハマチです」

といったことになる。ホウボウ（この刺身は非常にうまい）で葱ホ鍋、シマアジで葱シ鍋、イカで葱イ鍋。なにしろ、早く葱を喰っちまわないといけない。

*

暮に魚河岸に買いだしに行く。何といってもお目当ては鮪である。鮪を買うときは緊張する。日本刀で切る。切るよりも斬るの感じだ。五キロと言うと、ぴったり五キロに切る。あの技術は大変なものだ。むこうも緊張する。それは注文通りに切るということもあるけれど腕前を見せてやろうといった気味あいもあるようだ。

鮪は、正月はうまい所から食べてゆく。客のほうもよく知っていて、鮪が最初に売りきれになる。ところが、こっちにも悪知恵が働くのであって、刺身にはならないが葱鮪には絶好というあたりは、冷蔵庫の奥に隠してある。また、これは悪意ではなくて、刺身の短冊が一片、出し忘れて残っているようなことがある。

私のところは、元日にしか客を呼ばない。元日にも来られるような独身青年、近所に住んでいる御家族に来てもらいたいと思うからだ。元日に来られないようになったら、それは一家をなしたということであり、それはそれで慶賀すべきことだと思う。また、元日というのは断わる口実をこちらで造ってあげるという意味もある。
従って、二日からは、私の家では葱と鮪の天下になる。連日連夜、葱鮪鍋が続く。私は葱鮪の殿様になる。

葱鮪は葱と鮪だけで料理は簡単であるが、あれはあれで難かしいところもある。うっかりすると、鮪が角煮になってしまう。また、葱と鮪を串でつなぐか、それとも別々にするか、あるいは葱は寝かせて煮るか、立てたほうがいいか（葱の太さという実力の問題もからんでくる）それも意見のわかれるところだろう。どうして鍋物になると、それぞれ一家言の持主になってしまうのだろうか。鍋物にウルサイ人、いろいろと指図する人を鍋奉行というのだそうだ。

私は、とにかく、ゆっくりゆっくりやる。酒も、ゆっくりゆっくり飲む。そうやっていると、いろいろなことを思いだす。ああそうだったかと思う。そうして、翌朝にはすべて忘れてしまっている。

かくして、いかに土中に埋めてあっても、葱は次第にしおれて生気が無くなってくる。

　滑川堰のあくたに水仙の捨花見ゆれ正月二十日

これも吉野先生の歌であるが、私の所では水仙が葱になっていると考えていただきたい。

うまいもの

私は食べものにはあまり関心がない。ただし、米とパンだけはウマイものを食べたい。若いときから少し無理をしてでも、米とパンは上等なものを買った。

魚は、イワシ、アジ、サバという下魚とよばれるものが好きだ。母は近海ものの魚が好きだった。川魚はまったく食べられなかった。私はそんなことはない。また、私は、エビとかカニを特には珍重しない。貧乏性なのかもしれないし、食べるときに手間のかかるのが厭なのかもしれない。食べものに関しては貧しい人間である。

亡くなった向田邦子さんは、うまいものにはメのない人だった。食べるときに真剣勝負といったような顔つきになる。うまいと思ったらメモをとる。人から聞いた話もメモしておく。それで「う」と書いた抽出しにメモ用紙を収めていたそうだ。

好きなものをひとつだけあげろと言われたら、私は鮭だと答えるだろう。これは、うまいというより有難い食物だという気がしている。その鮭にだってウマイのとマズイのとがある。

私は狭い範囲でしか知らないし、その私がウマイものを列挙するのだから、信用できないかもしれない。信用されなくてもいい。また、料理屋を褒めると、とたんに人が押しかけたりして、たちまちにして駄目になるという説があるが、そういう店は、そもそもが駄目な店なのだと考えている。

＊

○川越亀屋の蒸し羊羹

一昨年の二月に倉造りの町である川越市に絵を描きに行った。雨が降ってきたし、ひどく寒い。そこで『佐久間旅館』の軒下を借りることにした。すると旅館の内儀が椅子を貸してくれる、毛布を持ってきてくれる、ホットウイスキイを飲ませてくれるという大変なサービスを受けた。リスのチャンチャンコなどは、そのまま着て帰ってくださいと言われた。

内儀は、おそらくは七十歳を越えていたと思われるが頭脳明晰で元気な人だった。

そのときに『亀屋』の蒸し羊羹を教えられた。一本六百円。これが美味い。塩味であって、酒の肴にもなると言ったら誰でも驚くだろう。しかし、十二月から二月一杯までしか売らない。

去年の将棋名人戦第一局は、この『佐久間旅館』で行われた。ここ数年、第一局の観戦記を私が書いていることを知っている内儀は、はずむような声で、そのことを報告してきた。しかし、私は、事情があって（とても疲れるのが書かない理由の第一。それに観戦記の書ける作家がふえてきた）断っていると話した。

第一局のあと、無事に終りました、中原名人がお勝ちになりましたと、すぐに報告の電話があった。ホッとしましたと言った。中原名人の控室には私の絵が掛っていたという。

今年の一月二十日、『佐久間旅館』へ遊びに行った。内儀が病気入院中と聞いていたので、瓶詰の蜂蜜を御見舞用に持っていった。

二月の初めに毎日新聞の人から、内儀が亡くなったという電話が掛った。私の持っていった蜂蜜の一ト舐めが最後の食事であったそうだ。こんなことなら、観戦記を書かないまでも見学がてら内儀に会っておくべきだったと後悔している。

この内儀が、たびたび送ってくれたサツマイモも、とても美味であった。『亀屋』の蒸し羊羹と芋とを推奨するけれど、川越市の商店街は水曜日が定休になっているので注意していただきたい。

○京都山ふくの雑ぜ御飯

西のほうへ取材旅行に行くときは、京都の旅館に一泊し、翌日の夕方、祇園一力の真裏(花見小路入ル)にある『山ふく』で飲み、最終の新幹線で帰ることにしている。筍飯、松茸飯など、加薬御飯はすべてうまい。時間がなくなると弁当にしてくれるが、実に豪勢な感じになる。この「花見小路山ふく」というメモは、向田さんの「う」の抽出しにもあったそうだ。ずいぶん昔に教えたものであり、その後『山ふく』は有名になってしまったが、味が落ちることはない。

○三田慶応大学正門斜め前大坂家の最中、織部饅頭

祝い事でも法事でも、すべて『大坂家』の最中か饅頭を使わせてもらっている。戦前からだから四十年以上になろうか。この織部饅頭は私の母の話がヒントになって出来たものだそうだ。甘いものが好きだった折口信夫先生が、一時、『大坂家』に下宿していたことがあるというのも嬉しい話だ。

○銀座松屋裏はち巻岡田の鮟鱇鍋

『岡田』の鮟鱇鍋を食べないと冬がこない。カツオのナカオチを食べないと夏がこないと書いたことがある。鮟鱇鍋の有名店は他にもあるが、何か店も鍋も薄汚くて厭だ。鮟鱇は下魚であるが、やっぱり落ちついて食べたい。実は、明日、友人七人を『岡田』の鮟鱇鍋の会に招待しているのだけれど、いまからソワソワしている。

○銀座日軽金ビル裏東興園のシュウマイ、チャーシュウメン

銀座で食事をするときは、『岡田』か『東興園』ときまっていて、これからラーメン屋へ行くと言うと変な顔をされる。この店のシュウマイもチャーシュウメンも何の変哲もない。変哲もないのが良いのだと言ったら、これも変だろうか。

○九段下寿司政のシンコとアナゴ

寿司を食べるときは九段下まで行く。この店のシンコは有名で、職人が変っても味が変らないのに感心する。『寿司政』で飲んで千鳥ヶ淵へ夜桜を見に行くなんていうのはオッなもんだ（と自分では思っている）。

○小樽海陽亭の湯豆腐

『海陽亭』は大きな旅館であり、宴会が多いのだけれど、こういうところで湯豆腐だけで一杯なんていうのが良い。『海陽亭』の社長は主に札幌店にいるのだけれど豆腐は小樽の『奥村豆腐店』まで買いに行くのである。この豆腐屋のオカラと油揚ゲもうまい。この店の近くにある菓子屋（店名失念。雷シンコと言ったかな）の大福も良い。北海道の土産に油揚ゲと大福を買って帰ったら女房はびっくりした。しかし毛蟹なんかより洒落ていると私は思っている。

*

私が知っているのは、それくらいのものだ。どこへ行っても、一度この店と決めたら酒場でも小料理屋でも変えることをしないので、どうしても範囲が狭くなる。
そこで、たまたま遊びにきた友人二人に何か教えてくれと頼んだ。彼等は、こんなことを言った。

清水市『魚善』のタタミイワシ。なるほど、これ、ぱりっとしていてうまい。

五島列島福江島のミズイカのなまがわきのスルメ。これは歯が悪いので駄目だ。それに高価なものだそうだ。

津軽三厩の寿司屋（名前わからず）の散らし寿司。千円で、とてもうまい。

清水市の追分羊羹。小島政二郎先生の推奨するもの。東海道線清水駅で買えるそうだ。

鳥取『小銭屋』の背子蟹。

赤穂の穴子。これなら、毎年十一月に友人が送ってくれるので知っている。赤穂では、リヤカーに乗せて売り歩いていて、夕方になると町中で穴子の匂いがする。頂戴すると、毎日、朝、昼、晩と食べて飽きることがない。

そう、そう、長崎へ行ったときは『とら寿司』という寿司屋がやたらにうまかった。松江の『皆美館』では、出るものが皆うまかった。それにしても『皆美館』という名は押しが強い感じだねと主人に言ったら、皆美というのは本名なんですと言われてしまった。

河豚戦争のこと

朝、八時二十分に、塩田町久間冬野の良平の家を出ることになった。

「夢のようです」

と、秀子が言った。私も同じ思いだった。

「来たと思ったら、もう帰るんですもの。三日間なんて、夢のように、あっというまに経ってしまうんですね」

その朝も、ドスト氏と私とは七時半に起きて、酒を飲み、焼酎を飲んだ。否応なしという感じだった。私もその朝の酒はハラワタに沁みるような気がした。もう一言、私が何かを言えば、秀子は泣きだしそうだった。

私たちの就寝は、毎夜、午前二時になった。秀子は、それから風呂に入るのである。午前五時には、もう起きていた。六時には客の来る家なのだから。

「朝、起こされてしまったでしょうけれど、でも、お客の多いうちっていうのは、いいことなんでしょう」

遠慮がちに言った。そのように秀子は、笑顔をたやさない。村人に愛される気さくな人柄だった。そのことが、良平のためにも私のためにも嬉しかった。

「主人は別府へ行くのが嬉しいんです。張りきっているんです」

私は、良平の家の前に立って手を振った。本家からも手を振るのが見えた。ツトムくんも手を振った。そうやって私たちは別れた。

八時二十分に塩田町を出て、十二時四十分には由布院に着いてしまった。もっとも、その間に、小便のために一度、自動車をとめただけだった。

由布院から別府までは、四、五十分とみればいい。私たちは昼食を摂ることにした。日曜日ではあるが、『亀の井別荘』は、昼食の客で混雑していた。相変らず若い客が多い。この店は、彼等にとって、聖地のようになっているのではあるまいか。むろん、温泉地であり、店の構えは結構であるので、年輩の客も多い。旅館自体が、二月に行ったときよりも一層の落ちつきをみせるようになっている。

私たちは離れのほうへ通された。そこで、良平に、柱でも板でも値踏みをする癖のあることを知った。

「どうだ、たまがったか？」

「うん、たまげた」

地鶏鍋に馬サシ、その他、山菜いろいろ。いつ来ても馬サシがうまい。山芋がうまい。

由布院に行ったら、どうか、ぜひ、『亀の井別荘』へ寄っていただきたい。馬サシを食べてもらいたい。若い女は泣いて喜ぶはずである。

四時前に、別府の『米屋』に到着した。実は、この旅館、六月に廃業になっている。迂闊な話であるが、三年前に、先代が亡くなっていることを私は知らずにいた。相続税が払えないということが、最大の原因になっていたようで、土地の一部を売り払い、半分を駐車場にする計画であるようだ。私たちは、いわば親類の者が泊めてもらう形で泊ることになった。

ある新聞は、由緒ある『米屋』の廃業を、それみたことかという調子で攻撃した。こういう場合、商人は、じっと我慢してしまう。他日に期するところがあるからだ。

少餡があらわれた。日曜日なので、ラフな恰好をしている。四十キロのフグが用意してあるという。

私のためのフグが夏から生簀で泳いでいるというのは、どうやら、言葉のアヤであったようで、十五日、豊後水道に船を出して、一本釣で釣らせたという。十五日に船を出したのは、釣ってから三日目のフグがもっともうまいからであるそうだ。

四十キロのフグ！　小柄な女性の体の一人分を食べなければならない。

私たちは、すぐさま、近くにある『矢倉寿司』に出かけた。『米屋』には、もう板前がいないのである。

この『矢倉寿司』は若夫婦で経営しているが、今年のはじめに火事をだした。若夫婦が久しぶりで山の温泉へ出かけた留守中の出来事である。彼等は、貯金の全てをはきだした。悄然としている若夫婦を助けたのが少餡である。少餡は別の場所に店を出させた。そういうことのあった直後に、ドスト氏の家が全焼したのである。

『矢倉寿司』に来り会する者。社長の少餡。常務の林氏。津久見港湾事業の甲斐社長。四浦鉱業所の安部所長。竹芸の小雲斎。硯の磊々堂。『米屋』の千恵さん。ドスト氏。山口良平。それに私の総勢十人である。馬賊芸者の観のあるホステス数名。

タイとエビの刺身。煮物。それに、直径一メートルの大皿に盛ったフグサシが三皿。

「どうだ、たまがったか」

と、私は良平に言った。

「うん。たまげた」

その翌日も、朝、昼、晩、夜中とフグサシの大皿が続くのであるが、ついに一度も、大皿の中心部のサシミに箸が到達することなしに終った。どうしても届かないのである。翌日の夕食のとき、これは私は正直に白状するのであるが、フグ以外のものなら、なんでもおいしく食べられるのになあと思ったものである。そうして、四十キロのフグは食べきれずに、二キロ残ってしまった。

「良平さん、このキモを全部食べたら死にます。だけど、みんなで平均に食べるんだったら、死にません」

良平は、教えられた通りに、小皿にキモをとき、モミジおろしとネギをいれ、フグサシの一枚を、こわごわ、食べた。みんなが良平に注目した。彼は、ゆっくりと味わって、大声で叫んだ。

「うん。おいしか！」

それからあとは、勢いにまかせて食べ進むという状況が続いた。

私は、戦前、彼がはじめて私の家に来たときのことを思いだしていた。私のほうが六歳の年長である。良平は、おとなしい素直な少年だった。どうも、私には、彼がそのまま大人になってしまったような気がしてならない。彼は、すぐに一座の人に愛された。少餡が彼のことを御本家様と呼び、みんな、これにならった。

「うん、おいしか！」

と、誰もが言い、酒を注ぐときは、

「ドウゾッ！」

と叫んだ。一座はなごやかになったが、それでも、フグ料理には、どこか殺気立つようなところがある。私は、いま思いだしてみても、あれが第一次河豚戦争であったような気がしてならない。また、このように、九州では、佐賀県と大分県でも、ずいぶん言葉が違う。雰囲気も違う。私はそのことに魂消るのである。

その夜は、良平と同じ部屋に寝た。寝室で、彼は、素っ裸になった。それから寝間着を着るのだと思っていたら、そうではなかった。彼は、そのまま寝てしまった。塩田町久間冬野では、それが習慣であるそうだ。そのほうが暖いし、寝間着を着ると肌がモゾモゾしていけないという。春になると、そのままの姿で、夜中でも戸外の便所に立つという。

私のほうは、なんだか、マリリン・モンローが隣に寝ているようで、なかなか寝つかれなかったが、良平は、すぐに健康そうな鼾をかいた。

（「父祖の地佐賀、塩田町久間冬野」より）

朝食にパン！

一月七日、土曜日、朝の八時半。僕は家の食事室で朝食を認めていた。

僕の一日は牛乳を飲むことからはじまる。それが、だいたい八時頃。牛乳を飲みながら朝刊を読む。そうすると、いくらか頭がハッキリしてくる。牛乳を飲み終ったころ、女房が野菜ジュースを持ってくる。なぜ、いきなり牛乳を飲むかというと、何も腹に入れないで煙草を吸うと体に悪いと聞いたからである。ところが、いきなり牛乳を飲むと腹の中で固形化してしまって、それも体に悪いと言う人がいる。そこで、ビスケットを二、三枚食べることがある。牛乳を飲み野菜ジュースを飲み終ったあたりで、女房が、半地下の食事室から、

「もう、いいわよ」

と叫ぶことになる。隠れんぼをしているのではない。パンが焼きあがったと言っているのである。ここまでに煙草を五本か六本吸っている（これが悪い）。

かくして、一月七日、土曜日、八時半、僕は朝飯を喰っていた。僕の最近の運勢にこん

なのがあった。「日長く子供のように漫然と日送る　発奮せよ外出は駄目」。これは東京新聞の運勢欄にあったもので、占師は松雲庵主となっている。この人は名古屋のほうの坊さんだと聞いたことがあるが、実によく当るので拳々服膺している。この運勢は一月七日のものではないが、僕の日常生活を言い得て妙だと思っている。子供のように漫然とというのが巧い。その通りだ。僕は懶け者であって、実にどうも何もしない。日向ぼっこをしたり昼寝をしたりしているうちに一日が終ってしまう。何もしないのは気が咎めるので散歩にでも出ようかと思っていると、外出は駄目とくる。発奮せよは仕事せよだろうが、仕事なんてものはやらない。

　このように日が過ぎてゆくのであるが、僕の日常に波風を起こし、ある日、突如として引っ攫ってゆくのがスバル君である。温泉へ行こうと言う。実際は何カ月か前に打ちあわせをして、どこへ行こう、乗物はこれこれ、日時はしかじかとなっているのであるが、僕の日常からするならば攫われるという感覚でもって受けとめられることになる。

　この日、僕は福島県熱塩温泉へ行くことになっていた。スバル君が提案した何案かのうち、僕は、漫然と熱塩を採択した。山の中へ行ってみたいと思ったのである。前回は松江の皆美館で御馳走づくしだったので、自然に何もない山の中を選ぶという心境にあった。御馳走が続くと体に悪い。

「熱塩で圧勝です。これ正解です」

何のことかわからないが、土地の人が熱塩をアッショウと発音することが後になってわかった。

かくして一月七日の朝をむかえた。僕の朝食はパンとコーヒー。

パンにバターを塗り、ナチュラル・チーズをなすりつけ、マーマレードをちょこんとのせる。総イレ歯だから、パンを細かく千切って食べる。イレ歯というのは奥歯で嚙む。従って、固いものでも食べられるが、小さくしないといけない。大きいものは食べられないのである（一例＝アワビのステーキなどは不可）。

「おい、このパン、うまいな。どこで買った?」

「サンジェルマンです」

「当分、これにしてくれ」

そのパンは実に美味だった。焼きあがりもいい。狐色でカリカリするというのではなく、カリカリの直前で、香ばしいが固くない。

「うまいよ、このパン」

バターとチーズをたっぷりと塗り、マーマレードをのせ、少し大き過ぎると思ったので二つに折って奥歯のほうへ放り込むようにした。

「このパンは……」

そう言ったとき、口中でパンッ！　という乾いた音がした。東京の赤坂では、原因不明の大音響が問題になっている。ジェット機の爆発音だか地下鉄工事だか、いまだに解決していない。そんな大音響ではないが、原因不明という意味では同じである。僕は、かまわずにパンを噛み続けた。

「あ、いけね」

僕にある種の予感があった。半年前にイレ歯が割れたのである。……そのうちに、口中でパンを噛むのでなく、骨を噛んでいる感じになった。口中がぐちゃぐちゃになった。

「困ったな」

はたして、イレ歯は中心部から真二つに割れていた。前回は、歯医者がすぐに直してくれた。今後どういう注意をすればいいかと歯医者に訊くと、注意しなくていい、かまわずに噛め、イレ歯は割れるもんですと言われた。僕のイレ歯はプラスチック製であるが、プラスチックにも疲労が溜るのだそうだ。疲労が蓄積して割れるのだから不可抗力であるそうだ。だから、僕は、かまわずに噛んでいたら、こんなことになった。

そのとき、スバル君があらわれた。

「どうしたんです」

かくかくしかじか。スバル君が蒼くなった。いや、それ以前に、僕の顔面も蒼白になっていたはずである。

「いや、いいですよ。時間を遅らせましょう。先生の歯医者さんは東京駅の近くでしょう。

治療を受けているあいだに、東京駅で切符を変更してもらいます。遅らせても列車はあるはずです」

俊敏なるスバル君は、もう時刻表の頁を気忙しく繰っている。僕は歯医者へ電話すべく、住所録を取りに立った。

「ああ、駄目だ。いけない。今日は土曜日だ。開業していない」

週休二日制の歯医者である。

僕のかかりつけの歯医者は名医である。イレ歯の権威である。だから、イレ歯は薄く軽く出来ている。ピッタリと吸いつくように出来ている。他の歯医者へ行く気がしない。

僕の歯医者の患者の一人に、亡くなった総理大臣の佐藤栄作がいた。思いだしていただきたい、晩年の佐藤栄作の写真は笑ってばかりいたじゃないか。特に沖縄返還以後は大笑いが続いた。あれは笑っていたのじゃなくてイレ歯を自慢していたのである。そのくらいの名医であるが、東京の下町でひっそりと営業している町医者であるにすぎない。こういう人の自宅へ押しかけて静養の邪魔をするわけにはいかないのである。

「じゃあ、こうしましょう。大宮から新幹線で郡山へ行きます。在来線に乗り換えて喜多方へ出ます。喜多方から日中線で熱塩へ行くんですが、その間、二時間の待ちあわせになります。喜多方で歯医者へ行きましょう」

「喜多方に歯医者があるかね」

「歯医者ぐらいあるでしょう。喜多方市ですから。割れたのをひっつけるぐらいできるはずです」

そんなことがあって、こわれたイレ歯を小箱にいれて、九時に家を出た。

僕、家にいるとテレビばかり見ているから、目がいかれてしまっている。イレ歯がないから満足に口がきけない。耳も遠くなっている。だから、こんどの旅、見ざる言わざる聞かざるでいこうと思った。実を言うと、東北の漬物(つけもの)をバリバリ食べるのを楽しみにしていたのであるが……。

（「第7話　熱塩温泉、雪見酒」より）

完全武装

一月十一日、午後一時五分、スバル君と浩チャンと僕とが軽井沢駅に降り立った。僕の家へよく遊びにくる連中のことを山口組と言う人がいる。僕はこの呼称を好まない。浩チャンというのは、京都の陶芸家竹中浩氏のことであり、時々、僕の旅行に同行してくれる。すぐれた作陶家はすぐれた料理人である（北大路魯山人を見よ）というのが僕の持論であって、こういう人と一緒の旅は楽しい。浩チャンは大酒家であり、スバル君は大食家である。飲み役と食べ役がいてくれると僕は大いに安心する。

それはいいのだけれど、本当の山口組の跡目は竹中という人が継いだ。従って、竹中浩氏と一緒だと、僕はともすると山口組の親分になったような気分になってしまう。西部劇を見て映画館を出るとき、自分がジョン・ウェインになったような感じがして、歩き方まで違ってしまう人がいる。まあ、あんなようなものだ。

さて、そういうわけで、いくらか肩肘張ったような感じで軽井沢駅の改札口を出ると、ちょっと凄味のある男が迎えにきてくれていた。これが星野温泉の運転手の塚田さんだった。

リンカーン・コンチネンタル・リムジン。アイボリイより白に近い、おっそろしく大きな自動車だ。脇っ腹に鳳凰の絵が描かれている。これが駅構内を出た所にピッタリと横づけされている。僕は、こういう車に乗るのは初めてだ。こういう車に乗るのは(暴)か野球解説者の金田正一ぐらいだと思っていた。ついでに言うと、警視庁では(暴)、神奈川県警ではⒷと称す。

　これより先き、スバル君と浩チャンは横川駅で釜めしを食べていた。僕は、旧軽井沢へ行って喫茶店でコーヒーとトーストを喫するつもりにしていたから釜めしは食べない。冬の軽井沢で営業している喫茶店なら間違いがない。熱いコーヒーに厚手のバタートースト。軽井沢なら、こうでなくてはならない。外国人の多い町には上等なベーカリーがあるはずである。

「旧軽へやってください」

　僕は重々しい声で言った。

「どこか喫茶店があるでしょう。僕なんか旧軽通りと言っていたが、いまは銀座通りと言うのかな。昔、草軽電鉄があった頃、線路を越えた左側にアメリカ屋という喫茶店があった。戦争中にアメリカ屋という店があるのが妙に嬉しかった」

　と言いかけて、僕は、鼻の奥が擽ったいような塩辛いような妙な感じになった。僕は四十年ぶりに軽井沢を訪れるのである。なぜそうなったかという理由は後で精しく書く。

「いま、ありませんか」

「さあ……」

「アメリカ屋の先きに三笠書房のやっている本屋があった」

「さあね、知りませんね」

「あなたは、ここへ来て何年になりますか」

「十年と少しです」

塚田さんが答えた。

「それじゃあ駄目だ。わかるわけがない。僕が言うのは昭和十八、九年頃の話だ。スバル君なんか生まれる前の話だから」

「コーヒーのうまい店はあります」

「そこでいい。そこへ連れていってください」


ここで僕の服装について書いておく。僕は厚い毛糸のセーターに、毛糸のチョッキ。そのうえに革ジャン。さらにそのうえにノーザン・グース・ダウンという息子がカナダで買ってきたジャケット。岩橋邦枝さんがロシヤで買ってきてくれた毛皮の帽子。レッグ・ウォーマーに革のブーツ。完全武装だ。将棋で言えば、四枚矢倉に成り角を引きつけ、自陣飛車を打つという鉄壁の構え。最強の布陣。スバル君も浩チャンも穴熊程度には武装している。

この日は快晴で、一枚ずつ武装解除したいくらいの陽気だった。軽井沢では暖いと言ってもいいのだろう。

軽井沢に住みついている玉村豊男さんは、こんなふうに書いている。

「ピンポーン、とチャイムが鳴るから玄関のドアをあけてみると、ほとんど身動きがとれないほど着ぶくれた、南極へでも行けそうなかっこうをした人が立っている。

『い、いったいどうしたの!?』

そうきいても、口までマフラーで覆っているから返事もできない。暖房の効いた部屋の中に案内すると、途端に全身から汗が吹き出す始末だ。

いったい、冬の軽井沢を何と心得おるのか。たしかに寒いが、極地ではない。ちゃんと人の住む、レッキとした町なのである。

そこへ探険隊のような重装備でやってきて、

『よくこんなところに住めますねえ』

と言う。」（『文藝春秋』昭和六十年二月号）

たしかに、僕の恰好なら南極へも行かれるだろう。

しかし、その玉村さんは、こうも書いている。

「朝、新聞を取りに庭先に出て深呼吸をしたら、ノドの奥が軽い凍傷にかかった。」
深呼吸もできない町なのだ。いったい、どっちが本当なんだ。

リンカーン・コンチネンタルでもって、旧軽井沢銀座通りの茜屋珈琲店に乗りつけた。昔、郵便局のあったあたりの少し先き、つるや旅館の手前だ。

扉をあけると、わっとばかりにチャイコフスキー、ヴァイオリン協奏曲の最高潮、つまりはサワリのところが鳴っている。店内は民芸調だが卑しくはない。十メートルの長い長いカウンター。そのカウンターの中央に三人で坐った。

セーターにジーパンの若者が二人。これは従業員であって客ではない。客は一人もいない。ひっそりとしている。

「どうだい、真冬の軽井沢ってのは悪くないだろう」

僕は(暴)の続きが残っている。

「トースト、ありますか」

「そんなもの、出来ません」

従業員の様子が少し変だ。

「それじゃあ、ブレンド・コーヒーをください」

僕は、ブルーマウンテンとかキリマンジャロと言いたいのを我慢してブレンドと言ったのだ。ブレンドと言うときには、当店に恭順の意を表するという気味がなくもないのだが、それでもいけなかったらしい。単にコーヒーと言わなければいけないことが後になってわかった。

「わたしはアメリカン」

と浩チャンが言った。若者は返事をしない。こりゃまずいと思った。

「そんなもの、ありません」

正確に、そんなものと言ったかどうか忘れてしまったが、若者の様子からすると、そうだった。

「じゃあ、デミタス」

おいおい、そりゃまずいよ。

はたして、若者は、梁からぶらさがっているコーヒーカップを指さして、

「こんな大きさですが……」

と言った。さすがに浩チャンもむっとした表情になった。かなり険悪な雰囲気になった。

昔の僕なら、ないならないと言ったらいいじゃないかと叫んで席を立つのだが、この頃、老獪になっている。

「このコーヒー、いかほどですか」

と訊いてみる。

「九千九百円です」

それでわかった。九千九百円のコーヒーを飲ませるということで取材に訪れた新聞記者の態度が悪かったので一時間も待たせたという噂話を聞いている。

「九千九百円のコーヒーを五百円で飲ませるんだろう」

「そうです」

やっと若者が笑った。もし、九千九百円を請求されたら告訴も辞せずという決意だった。じょうだんじゃないよ。

そのコーヒーは、うまかった。

「久しぶりで美味いコーヒーを飲んだよ」

態度は態度として、認めるものは認めなくてはいけない。

茜屋珈琲店は、軽井沢ギャルに非常に人気があるという。それは、叱ってくれるのが嬉しいからだそうだ。ヤング・ギャルの嗜虐的傾向について、またひとつ勉強したと思った。こんどから叱り飛ばしてやろう。

「よし、明日から毎日来るぞ」

そんなことを言ったときには、二人の若者と、すっかり打ち解けていた。

玉村豊男さんはいざ知らず、軽井沢で越冬して商売しようとする人たちのなかには、偏屈者がいるはずである。そうして、僕は、またしても、戦前の軽井沢人種のヘンコツを思いだすのである。たとえば、玉村さんも書いているが、カルイザワと言う人とカルイサワと澄(す)んで発音する人と二種類に別れるのも、その一例。

（「第19話　軽井沢は真冬に限る」より）

代官山は菓子の町

真に端倪すべからざるは臥煙君の才智である。前に紹介したことがあると思うが、歌を歌わせれば第一回編集者歌謡大会最優秀賞、日本腰巻（書物の帯広告）文学大賞が設置されれば、僕の著書である『酒呑みの自己弁護』の帯広告の文案でもって第一回の大賞受賞者に輝くのだった。競馬でも新馬・特別二連勝というのが格上なんだ。この腰巻大賞の一件が朝日新聞の「ひと」欄でもって全国的に報道されたから堪らない。彼の郷里岡山県では、「臥煙坊やは東京へ出て行って、腰巻のデザイナーになって成功したそうだ」という噂が燎原の火の如くに広まることになる。

絵にしたってそうだ。この連載読物の第一回で僕が新宿超高層ビル群を写生したとき、臥煙君は凝っと僕の背後に立って見ていた。「おい、きみも描けよ」「ええ、描きます、次回から描きます」。そう言って観察に終始した。僕は絵入り紀行文の多い男だが、いつでも担当編集者に一緒に絵を描くように勧めたものだった。「描きます。描きます」と言って彼等は描かなかった。描いたとしても長続きしなかった。臥煙君の場合は違った。第二回で立川の昭和記念公園へ行ったとき、臥煙君は「かたらいの道」の真中に坐り込んで遂に描きだしたのである。何故僕は編集者に絵を描くことを奨励するのか。レイアウトというのは絵を描くことである。挿絵や装幀でもって画家と接触することも多い。その際に、この編集者は出来ると思えば画家のほうだって力の入れ方が違う。そう思ったからだ。実際は絵を描けなくたっていい。しかし絵心というのは絶対に必要だ。だから僕は、まず、臥煙君に水彩用の筆とスケッチブックを進呈した。

さて、その臥煙君の昭和記念公園での処女作であるが、僕は瞥見して舌を捲いた。岡山県人怖るべし。僕だけ舌を捲いても仕方がないから、立川で取材を終えたその足で国立駅のそばのロージナ茶房のマスター伊藤接氏に臥煙君を紹介した。伊藤氏は画家であるが、僕は寧ろその批評眼に敬服している。辛辣を極めるのである。その伊藤氏が何と言ったか。……何も言わない。臥煙君の腕を摑んで隣の画材店に連れて行って、彼の絵を額装してしまったのである。よってもって臥煙君の禀質を知るべきだ。

僕は、臥煙君の才能は水彩画よりも油絵に適していると看破した。だから、すぐさま、神田の文房堂へ行けと指示した。「あそこへ行けば、油絵の道具一切合財を詰め込んだリュックサックみたいなのを売っている。それを買い給え。その際に注意すべきは、女店員に横柄な態度を取ってはいけないということだ。単なる女店員だと思っていると大きに異る。上野の美術学校の生徒のアルバイトだったりする。だから、お姉様教えて頂戴という姿勢で終始すべきだ。呉々も頼んだぜ」「お姉様、助けてください、ですね」「そうだ」「それなら自信あります」。そうやって彼は一気に初心者向きの画材を揃えたのである。六万円と少しだったそうだ。僕なら六万円と聞くと、半年ぐらい悩んだり、心痛のあまり寝込んだりもする。臥煙君は気合良く、現金で買ってきた。彼も豪いがそれを許した細君も豪い。

かくして臥煙君は伊藤接氏を師として、こと画材や手法に関しては僕なんかの手の届かない領域にまで進んでいった。「彼、素直でしょう」と僕が言った。「そうです。私の言うことを正確にキャッチします」と伊藤氏が答える。「王も長島も素直だったと川上哲治監督は言っています。素直な選手は大成する、と」

臥煙君も精進した。同宿して夜中に目を覚ますと、臥煙君が必死の形相で画架に立ち向っている姿が見られたりもした。僕は現場で仕上げるタイプだ。目の前のものを、あるがままに描くことにしている。そうやっていれば、いつかは突き抜ける筈だという儚い信念に従っている。「よく虚空で描けるね」「風景をそのまま描けるわけがありません。この空だって、ここから頭の上まで繋がっているんです。そんなもの画布に表現できるわけがないでしょう。絵は観念です」「ギャフン」ということになった。

僕の僚友 柳原良平 画伯は、この連載が終ったら、三人で展覧会を開こうと提案する。「しかしね、あんたは臥煙君の絵を見ていないんだろう。見ていなくて、どうしてそんな大胆なことが言えるんだ」。柳原良平はプロである。プロが素人である僕等と三人展を開こうと発言するのは容易なことではない。「あれだけ熱心なら、必ずいい絵が描けているはずだよ」。彼はそう断言して憚らない。かくして臥煙君は、絵画においても矢来町の天才ミケランジェロの名を恣にするに至るのである。

臥煙君の才能は、むろん、それだけにとどまることはない。野球では社内対抗試合の四割打者であるという。結婚すれば忽ちにして三人の子をなす。ゴルフでもメキメキと頭角をあらわしているそうだ。だから、僕の窺い知れぬ分野で叡智を示しているのかもしれない。行くとして可ならざるはなき人物である。「何をやってもある程度までは上達する人がいる。しかし、どの世界でも決してプロになることはない」。僕は皮肉まじり自嘲気味に言うのだが、「そうでしょうか」、この岡山県人、眦をあげて譲らない。

「目、目、目黒の雅叙園ホテルだって!?」「雅叙園観光ホテルです」。僕は唸った。

今回は代官山へ行くことに決めてあった。なぜ代官山かというと、六本木・原宿と並んで、ここは若者の町である。しかも原宿よりも高級なイメージがある。すなわち新東京である。しかし、僕の狙いはそこにはなかった。この企画も終りに近く、僕は臥煙君に思いっきり絵を描いてもらいたいと思っていた。それには代官山がいい。素敵な洋館がある。臥煙君の画風に適していると思っていた。

さて、代官山に行くとしてどこに泊る。以前、原宿を取材したときは渋谷のホテルに泊った。脚本家の早坂暁氏の常宿だというが、あまり感心しなかった。早坂さんは住所不定の人で、おそらくはNHKに近ければどこでもいいと考えておられるのではないか。

「雅叙園観光ホテルはどうでしょうか」

臥煙君にそう言われて僕は唸った。僕はそのホテルを知らないが、たぶん宿泊料はチープだろう。しかも老舗だから客扱いが悪かろうはずはないし、目黒だから静かだ。話題性に富むし、思いつきとして実に奇抜だ。

雅叙園は三井だか三菱だかの創始者の別邸だったと聞いたことがある。天井も壁も螺鈿と漆による美人画で飾られている。いや、エレベーターのなかも美人画だ。言うまでもなく、これは悪趣味だ。許せる悪趣味と許せない悪趣味とがあるが、これは前者であって、僕は昔からこの馬鹿馬鹿しさを愛してきた。雅叙園観光ホテルは雅叙園と庭続きだというから同じような建物であるに違いない。僕は臥煙君のアイディアに尽く感服しないではいられなかった。

六月二十二日は夏至である。快晴。こういう梅雨の晴れ間を五月晴というのだそうだ。臥煙君とフミヤ君が迎えにきてくれた。フミヤ君は代官山なら任せてくれという。臥煙君より少し若いが同じ岡山県人であって、この年齢の地方都市出身者は六本木や原宿、代官山などに精しいのである。十年ぐらい前、若い男に、こんど六本木を御案内しましょうと言われてショックを受けた。六本木は僕の育った所である。しかし、まるっきり変ってしまっていて右も左もわからない。若い男の申し出は正しかったのである。

　雅叙園観光ホテルに荷物を置いて画材だけ持って代官山八幡通りに向った。まず、仏蘭西料理の小川軒へ行った。ここに旧知の七尾英次さんという支配人がいる。若いけれど柔らかい感じのする親切な人である。

「向田邦子さんと来られた時以来ですね」

「向田さんは八月二十二日が七回忌だから、六年半ぶりぐらいになるね。夕食を予約したいんだが、その前に絵を描かせてもらう。水を貰ったり手洗いを借りたりすることになる。よろしく頼みます」

　八幡通りは坂道である。そこを上下して歩いた。どうもおかしい。向田さんと会食したとき、それは夜だったのだが、素敵な洋風の建物のある町だと思っていたが、昼間見ると素敵じゃない。なんか安っぽいのである。

「悪いことをしたなあ。油絵にいいような建物があると思っていたんだが……」

　僕等はシェ・リュイという店で休憩した。シェ・リュイは仏蘭西料理の店だが、僕は仏蘭西料理は大嫌いである。何が嫌いってこんなに嫌いなものはない。気取ってばかりいやがって、と思う。それにお値段のほうがお安くないのである。僕等が入ったのは菓子屋のほうのシェ・リュイである。そこで気がついたのだが、代官山には菓子屋が多い。小川軒だって菓子を売っている。ここは菓子の町だ。

だいぶ昔のことになるが、僕の住む国立市のパン屋で菓子を買った。いや、買おうとして買えなかったのである。

「お菓子をください」

と僕は若い女店員に言った。

「お菓子はありません」

と女店員が答えた。ガラスのケースのなかに、ショートケーキやアップルパイやシュークリームがならんでいる。

「このお菓子をください」

僕は、それらの菓子を指さして言った。

「これはお菓子じゃありません。ケーキです」

こういうときの若い女は実に頑固で強情だ。一歩も譲らぬという面貌になっている。大人気ないが僕のほうも気色ばんでしまう。

「おたくの店ではケーキと言わなくては菓子を売ってくれないんですか」

「そうです」

実にハッキリしてるじゃないか。とうとう僕は買わないで帰ってしまった。そんなことがあった。

〝ケーキDEデート〟なんて言葉が流行しているらしい。これからのスケコマシは甘いものに強くないと勤まらなくなるだろう。タルトだオペラだカシスのムースだといったことに精通していないといけない。おお、気持が悪い。

シェ・リュイには女学生の客が多い。団体で入ってきて、アイスクリームはチョコレートにしようかメロンにしようか抹茶にしようかなんてワイワイ言っている。これは可愛らしくていい。

しかし、黒の大ブルマーやモンペみたいなのを穿いて断髪にした女たち。髭を生やし、長髪を金色に染めて逆立てている若い男たち（ヘヴィメタルとかパンクルックというらしい）、これは許さんぞ。タンクトップだか何だか知らんが、腋毛を誇示し臍を出している女たち、これも許さん。不意に殺意に似た感情が生じて、僕の内部の凶暴性に気づかされる。

「断じて許さん！」

そう思いながらレモンパイなんか喰っている。

このシェ・リュイという店の前に交通信号があり、女学生がぞろぞろと渡って、緑の闇のなかに消えてゆく。

「あっちのほうに絵になる建物がありそうですね」

と臥煙君。絵になる場所を探すのと女学生の尻を追いかけるのと、いったいどっちなんだ。あとでわかったのだが、その先きに東横線代官山駅があったのだ。また、緑の闇は同潤会代官山アパート群であって、僕の考えていた八幡通りや旧山手通りのテラスハウスよりよっぽど絵になるということもわかった。やっぱり女学生の尻は追いかけてみるものだ。

僕は責任上、八幡通りの小川軒を描いてみることにした。これは、いまでも良い建造物だが、いかんせん、かなり傷んでいる。植民地風というのだろうか、入口もフロントも菓子売場もガラス張りである。これを絵にするのは難しい。

小川軒も取り壊しの時期が来ているようだ。同潤会アパートも再開発の噂がある。なんのことはない、新東京を尋ねているうちに僕等は旧東京を発見してしまったのだ。

老人になるということは社会から拒絶されるということだ。僕はブルマーやモンペスタイルの女を拒絶するが、本当は彼女等が僕等のような血余に乏しき老人を問題にしていないのである。歯牙にもかけない。メじゃないのである。ブルマーやモンペはレトロ感覚であるらしいが、彼女等は人間のレトロを決して愛さない。二十世紀と二十一世紀は何等変る所がない。今日の続きは明日であり明後日であるに過ぎない。しかし、二十一世紀の都市は僕等を拒絶する。また僕等も二十一世紀の新東京には住めないことを実感する。人は老人に生まれるのではない。老人に成るのだ。

　そんなことを考えながら小川軒を写生していた。僕は仏蘭西料理が大嫌いで殆ど憎んでいるが、唯一軒だけ愛せるのが小川軒である。創業明治三十八年、新橋駅前にあって、帝国ホテルを常宿にしていた藤原義江がこの店を愛好していたのは誰でも知っている。僕にとって、小川軒は感覚的に言って駅前の洋食屋だった。コーヒーを飲みハヤシライスを食べる店だった。いまから約二十年前、昭和四十一年に代官山に移転して高級店になったが親しめる店である。ここは拒絶的ではない。実のある感じが好きだ。広い厨房を客に見せながら調理するのも好ましい。これはもう日本料理だと思っている。

　夕食は、臥煙君がビーフシチュー、フミヤ君がオックステール、僕が海老コロッケ。それに前菜。小川軒の前菜は小皿料理と称して、各種の小さな料理が運ばれてくる。これがシェフの腕の見せどころであって、何とも楽しい。粋な一幕物の芝居を次々に見せられる感じだ。赤白の葡萄酒。なぜか、向田邦子がワインは嫌いだけれど葡萄酒は好きだと言っていたことを思いだす。僕の葡萄酒の注文の仕方は「国産品がありますか？　サントリー・シャトーリオンがいいんですが。無ければ外国産の一番安い小瓶」であって、これではお里が知れるという式のものだ。

　雅叙園観光ホテルに引返して早目にベッドに入る。眠れない。僕は旅行しても馴染みの宿なら眠れるのである。横浜のホテル・ニューグランド、京都祇園の二鶴、松江の皆美館などの、いわゆる常宿なら眠れる。不幸にして東京では僕は自宅を常宿にしている。

胸がムカムカする。軽い嘔吐感がある。いくら贔屓にしていても小川軒も仏蘭西料理なのである。僕はアブラに弱い。特にバター味がいけない。だから鰻やテンプラは駄目だ。去年浅草で倒れたのは泥鰌を喰い鯉濃を飲んだからだ。

悶々のうちに夜が明けた。四時半になると外はもう明るい。快晴だった。

「知らなかったよ。空がこんなに青いとは……」

そう言って僕は臥煙君を起こしてしまった。

また八幡通りへ行って小川軒を描いたが、完全に失敗してしまった。成功したら額にいれて寄贈するつもりでいたのに……。シャガールの石版画の隣の壁面なんかに飾ってもらうといいと思っていた。失敗作とわかっていて、もう描くところがないというところまで描くのは悲しい作業だ。

七尾さんが顔を出して、

「今晩はとんきですって？」

と残念そうな顔で言った。

そうなんだ。僕等は目黒のトンカツのとんきへ行くことにしていた。トンカツもアブラ物だが、これは日本料理である。日本料理なら大丈夫だ。それに倹約しなくちゃいけない。僕は、情けないかな、倹約をモットーとする男である。

終戦直後、E電目黒駅の線路脇の崖の上に屋台店のトンカツ屋があり、美味くて安いので有名だった。ハガキ大に切った新聞紙がぶらさがっている。トンカツを食べた客が手のアブラをそれで拭ってから勘定を済ませた。それがとんきである。ずいぶん大きくなり相変らず繁盛していて支店も出来たと聞いている。ああそうだ。キャベツのお替りが出来るというのも評判になっていた。

行ってみると、なるほど繁盛していて行列が出来ている。大きな店になっていた。こういうのも新東京百景の一つじゃないかと思った。

翌朝はゆっくり寝て、ホテルをチェックアウトして代官山に向った。朝食は、サンスーシーで、コーヒーとシェ・リュイで買った菓子パンの残り（持込み）とチョコレート。雅叙園観光ホテルのすぐ脇で、冷蔵庫の中みたいに清潔な喫茶店である。やっぱり、ここは菓子の町だ。歯科医を開くなら代官山か目黒にかぎると思った。げんにサンスーシーの隣にも歯科医が開業している。

同潤会代官山アパートを臥煙君とならんで描くことになった。同潤会アパートというのは、関東大震災で家を失った人に部屋を提供する、だから燃えないコンクリート造りにする、同時にこれを文化的なアパートの先鞭とする、僕はその由来をこんなふうに理解している。従って、これは貧民窟なのか、文化人の集まりなのか、よくわからないところがある。初め風呂がなかったのでアパート群の中央に銭湯が現存している。

こういうところで描いていると、どうしたって人集りがする。ベレー帽こそかぶらね、画架を押っ立てて油で描いているから臥煙君のほうの人集りが多い。

「いい御趣味ですねえ。妾は写真です」

そう言って、わざわざカメラを見せにくる老婆がいる。

「額にいれると、この絵、よくなりますよ」

大きにお世話だ。

「この絵のこの道を通ると代官山の駅に出ますか」

案内図を描いているんじゃないんだ。

蚊が多いのには閉口した。文化人も楽じゃない。ただし、善人が多いと思った。ふと気がつくと、僕等は××アトリエ教室という看板の出ている部屋の前で描いているのだった。原宿もそうだが、同潤会アパートは、事務所になっていたり、各種教室に利用されたりしている部屋が多いのである。

「思えば、いい度胸でしたね」

臥煙君が笑う。今回の臥煙君の絵も素晴らしい。構図がいいのは初回からのことであるが、色調に深みが増してきた。

「さあて、食事をどうするか」

晩飯は食べて帰ると言い置いて家を出てきた。僕のところでは、食べて帰ると言ったら食べて帰らないといけない仕組みになっている。

「冷し中華なんかどうかね。雅叙園で冷し中華をやっていないかな」

「………」

「九段下の寿司政は遠いし……。東興園にも久しく行ってないな。あそこの冷しソバはうまいぜ」

「銀座も遠いです」

「麻布十番に美味いラーメン屋があると聞いているが……」

臥煙君は、どうしても諾と言わない。およそ三十分が経過した。遂に臥煙君が徐ろに口を開いた。

「小川軒はどうですか？」

それを聞いて僕は唸った。これだ！　臥煙君の端倪すべからざるところは。そうなんだ、僕等は代官山へ行って小川軒で食事するのを楽しみにして家を出てきたんだ。すべからく、その原点に戻れ。臥煙君の考え方は正攻法である。前々日、僕の気分が悪くなったのが盲点になっていた。

「みなまで言うな。わかったよ、きみの考えは。つまり、仏蘭西料理だって注文の仕方によってはアブラ濃くない料理が出来るって言いたいんだろう」

臥煙君が莞爾笑った。僕は、またしても彼の才智に舌を捲くのである。これがミケランジェロの再来でなくて何であろうか。

小川軒へ行くと、七尾さんが嬉(うれ)しそうに迎えてくれた。わけを話すと、

「それでは、ステーキの塩焼きなんかいかがですか」

「そうそう、それだ。タレでなく塩で焼く」

「牛肉の本当のうまみは塩焼きで出るっていうお客さんもいらっしゃいます」

「しかし、なんだな、ヤキトリ屋へ行ったような気分でもあるな。チューハイは置いてませんか」

かくして僕等は、シャガールのリトグラフの前で、赤提灯(あかちょうちん)の雰囲気(ふんいき)で小川軒の牛肉を食べたのだった。

庄内のフランス料理

定時の五時三十五分に酒田駅に到着した。変哲もない駅である。思っていたより寒くない。私はセーターに毛糸のチョッキ、オーバーという身支度である。マフラーも持っている。これでは暑いくらいだ。

宿舎の東急インで休憩してル・ポットフーに行くにはちょうどいい時刻である。この有名なフランス料理店は東急インの三階にある。それを楽しみにしてここまで来たのである。ル・ポットフーの佐藤常務に電話をしておくようにパラオに頼んであった。佐藤さんは、庄内の銘酒初孫の長男であり、すなわち初孫である。

六時になったのでエレベーターで降りていって、三階の扉が開くと、目の前に、白髪の佐藤さんと色白で上品な美人であるところのニーナ・スズキが立っていた。

特別室に案内された。多分、ドスト氏は、こういうのが苦手だろう。

「いざとなれば、このあいだ、フランスで食べたときは……と言ってみるつもりです」

ドスト氏の言うのはタヒチ島のことである。フランス領には違いない。

初孫が冷やしてあった。二級酒の小瓶というのは、市販されていない酒であることを意味している。暑いので上衣を脱いだ。

「上衣を脱いで、腕まくりをして、手摑みで食べるのがうちのフランス料理です」

佐藤さんが言った。彼は、こうも言った。

「料理というのは男が生命をかけてもいいようなものです」

その言葉は、おそらく、私が紀行文を書くことを知っていて、そのためのサービスだったのだろう。

ここで、公正を期するために、また、嘘を書くのが厭なので言っておく。

初孫は私の口に合わない。ノド越しのときの味が、私の好かない味である。総じて庄内の酒は私には合わない。葡萄には葡萄酒用の葡萄と生食用の葡萄とがあるが、日本酒も同じであって庄内米はコメとしてはうまいが酒用としてはどうだろうかというのが私の率直な感想である。後にお目にかかることになった杜氏も、庄内米では酸味が出ないと言っておられた。

さらに公正を期するために『四季の味』編集長の森須滋郎さんの文章を紹介しておこう。

「一と口、舌の上で転がしてみると、昨夜の〝越乃寒梅〟よりも、さらに淡泊だ。冷たいのが快くて、一と息にグーッと飲むと、まるで谷清水でも飲んだような清冽さだった。食前酒らしくない飲み方だが、食欲は大いにそそられる」（新潮社刊『食べてびっくり』のう

ち「感激！　庄内のフランス料理」より）

これは間違いなく私の飲んだのと同じ酒であり、私もそう思うのだけれど、問題はノド越しのあたりのことになる。

そうは言っても、私は、かなり早いピッチで初孫を飲んだようだ。

●真鯛（まだい）とホッキ貝の刺身（さしみ）、フランス風

あまく舌に媚（こ）びるような味。

●ガサエビ

小ぶりであるが、頭のところが香（こう）ばしい。

●松葉蟹（まつばがに）（このあたりではヨシガニと言う）

ニーナ・スズキが実にいいタイミングで酌（しゃく）をしてくれる。グラスはスニフターで、むしろんカリカリの冷（ひ）や。どうやら、調理室から特別室の内部が見えているようで、料理のほうも食べ終ると次の皿が即座に出てくる。

「こんなところにこんなフランス料理の店があるのは不思議でしょう。私も不思議に思っているんです」

と佐藤常務が言ったのは、これもサービス用か。たしかに、本当に不思議だ。生命をかけてもいいというのは、この土地に、この店にという意味だったと気づかされる。相当に頑固（がんこ）な人だ。

「蟹は、ご滞在中に三種類全部食べていただきます」
するとあとは毛蟹と渡り蟹だ。

●野鴨(のがも)の焙(あぶ)り肉、オレンジソース

私の料理についての記述は、あやふやである。知識もなければ関心もない。その都度(つど)、佐藤さんに質問するのだけれど、正確には答えてくださらない。言ったってわからないだろうというところか。それはその通りである。

佐藤さんの料理は独学であるという。

「うちのコックがね、ル・ポットフーの料理は年々に退歩していると言うんです。それは、朝、私が市場へ行くでしょう。そうすると、材料に惚(ほ)れちまうんです。新鮮なものを新鮮なままに、材料そのものの味をひきだそうとするでしょう。そうなるとフランス料理から離れていってしまうんです。コックたちはそのことを言っているんですね」

料理はうまければいい。食べる者にとっては、それが〃フランス料理〃である必要はないのであって、料理は料理であればいい。

●シャーベット

野葡萄のような味だった。

●コーヒー

酒もそうだけれど、オシボリもいいタイミングで運ばれてくる。香水臭(くさ)くないのがいい。

これで手摑みのフランス料理という意味を理解していただけると思う。

部屋へ戻ってマッサージを頼んだ。その男のマッサージ師に、酒田市の最新酒場事情を聞いた。夜の町には活気がないようだ。そう言えば、酒田の料理店には、どこでも学生割引の標示があった。駅の食堂のメニューにも、学生ラーメン、学生カレーライスというのがあった。百円ばかり安くて量が多いようだ。駅前に暴力追放宣言都市という大きな看板のようなものが建っていた。数年前まで市長が共産党員であったことが思いだされてくる。ストリップ劇場もトルコ風呂もないという。

ドスト氏と私とは、マッサージ師に教えられたゲランという店へ行ってみた。美人のママさんがいるという。

「まあ、あそこあたりが高級だねえ」

とマッサージ師が言ったのである。そのゲランは時刻が遅かったせいか閉店になっていた。総じて酒田市の夜の町は終るのが早いようだ。

「なまけ者が多いんですよ。商店は五時半か六時になるとしめてしまいますから」

本当にその通りだった。道はすぐに暗くなる。私は、なまけ者が多いのではなく、おっとりとしているのだと解釈することにした。

この東急インの一階と二階にも小料理屋やスナックがあるのだが、客は少くて、借り手のつかない部屋もあるようだ。寂（さび）れていると言っては失礼だと思うので、静かな町だということにしておこう。

私たちは白馬というスナックに入った。客は一人もいなくて、一昔前ならセシール・カットと呼ぶべき髪の若い女性がカウンターのなかにいた。

「あれ、おかしいな。さっきはお客で一杯だったでしょう」

「いいえ」

「だって歌声が聞こえていたよ。それで敬遠したんだ」

「ああ、私、一人でカラオケで練習していたんです」

「一人で歌うよりお客の前で歌ったほうがいいでしょう。歌ってみてください」

「それはそうですけれど」

白馬嬢は、ちょっと躊躇していたが、わるびれずにカラオケをセットして歌いだした。思っていたようにハスキー・ヴォイスだった。石原裕次郎のナントカという知らない歌だった。

ドスト氏の前頭部が一点赤く光っている。彼の頭の上に赤外線のようなスポットライトがあった。私たちは一つずつ席をずらせることにした。

「この店の家賃は幾ら?」

「十二万円です」

その家賃払ってあげようかと言いそうになって、あわわわ、私は口をおさえた。どう胸算用したって月十二万円の余裕はない。それに、いったい、私は何ということを考えているのだろうか。しかし、この店に客がなだれこんできて大いに繁昌するとはとても思えなかったというのも事実である。

白馬嬢が赤い蕪を切った。冷たくて甘酸っぱくって濃厚なフランス料理に馴染んだ舌に快い。

「アツミカブって言うんです」

私はその漬物を送るべき誰彼の顔を頭に思い描いた。山形の名産のナスの辛子漬と詰めあわせにすればいい。松江の津田蕪に似た味で、もっと甘い。

（「酒田、鶴岡、冬支度」より）

III

行きつけの店

浅草　並木の藪の鴨なんばん

相撲を見ていて泣いたことがある。

国技館は蔵前にあって、十年ほど昔のことになろうか、高橋義孝先生の席を頂戴していて、その席は、向正面一の六、つまり、最前列の中央で、控えの行司さんの斜め後ろになる。先生は、横綱審議会の席で見ていらっしゃる。その頃は、必ず千秋楽に招待してくださった。

あるとき、ヨコシン（呼出しさんや出方さんは横綱審議会をそう呼ぶ）の席に池田弥三郎先生がお越しになった。池田さんは私を発見したようで、しきりに手を振ったり、笑ったり、叫ぶような仕種をなさる。これには困った。なぜならば、私の席は、絶えずテレビカメラに曝されているのである。だから、私は、軽く頭をさげるだけにとどめたのだが、それが池田さんに通じない。池田さん、イライラしている。怒っている。しまいには、立ちあがって、頭の上に両手を組み「輪ッ」という形をつくる。むこうは枡席でお酒が飲めるから、ホロ酔いだったかもしれないし、何でもできる。こっちは通称砂っかぶりであってお茶も飲めない、煙草も喫めないような所だ。これには困った。

別の話になるが、誰かが亡くなって、私がもっとも悲しむのは、学識があり教養があって、しかも通人であるという場合だ。もっと言えば、ユーモアのセンスのある人ということになろうか。山本嘉次郎さん、池田弥三郎さん、川口松太郎さんが亡くなったときは本当に辛かった。奥野信太郎先生には面識がなかった。学者とか教養人というのは、いくらでも出てくる。センスのある人というと、そうはいかない。高橋義孝先生、戸板康二先生、どうか、うんとうんと長生きしてください。

さて、私が相撲場で泣いた話。

それは初場所の千秋楽だったのだけれど、十両の取組みが終って幕内の土俵入りになる。東から呼出しさんの柝でもって花道から幕内の力士が歩いてくる。土俵入りが終って、東方の力士が、ふたたび柝でもって退場する。次に西方の力士があらわれる。そのとき、東方の呼出しさんの柝が、西方の柝と交錯するのである。一方は終った柝、もう一方は生まれてくる柝。両方の柝が重複するのは非常に短い間である。東西の柝が鳴ったその瞬間に、鼻の奥がむず痒いような目が渋くなるような感じがあって、それに耐えるのに苦しんだ。私は泣いていたのである。どういうわけか、私は、高橋先生がこの世におられなくなったら、どんなに淋しいだろうかということが瞬間的に頭に浮かんだのである。

いま、先生は、足を悪くされて相撲場には来られない。

当時、千秋楽の相撲がハネると、蔵前から浅草の雷門に近い並木の藪まで歩いていった。先生は、私の前をスタスタと歩いていかれる。その背中のあたり、腰のあたりが、どうも元気じゃない。ガックリと肩を落とすという言葉があるが、そんな感じだった。先生は、常々「千秋楽が終ると、親類の娘が死んだような気がする」と言っておられた。先生は、私が相撲場で縁起でもない感想を抱いたことをご存じであるはずがない。ただ私の前を歩いていかれるだけである。

並木の藪へ行くと、それが冬時分であったら、まず、鴨なんばんのソバ抜きを注文する。これを鴨ヌキという。春とか秋とかには、天ぷらそばのソバ抜き、つまり天ヌキを頼む。黙っていても酒が出てくる。「蕎麦屋の酒が一番うまい」のだから仕方がない。並木の藪は菊正宗の樽酒だ。ツキダシは固く練ったミソ。鴨ヌキで飲む酒がいい。スープで酒を飲むのがもっともうまいし、体にもいいと私は信じている。ちょっと酔ったなというあたりで、もりそばを注文する。一枚か二枚。二枚という時が多い。

並木の藪は店が大きくないのがいい。卓が三つ。小上りの卓は、通りから見て、窓、中座敷、三畳と呼ばれている。

並木では、ずいぶんいろいろな人に会った。黒っぽい結城の無地を着た先代松本幸四郎が中座敷に坐っている。芸人が来ると、あたりが明るくなる。花やかになる。幸四郎には、何と言うか、貫禄みたいなものがあった。由良之助役者だなと思った。

金原亭馬生も中座敷で飲んでいた。一人で、昼間っから、コップで……。その日は、込んでいた。相席となると、中座敷の卓の前しかあいていない。

「どうぞ、どうぞ、ここへお坐わんなさいまし」

私は馬生の前に坐った。

「おそれいります」

「どうも、あっしはね、へへ、昼間っから、これなんです。これ、昼飯なんです」

「結構ですね」

「酔っちゃいませんよ。昼席がありますから、へへ、どうもね、……酒てえやつは、……ああ、ちっとばかし酔ったかな」

馬生は、酒だけ飲んで蕎麦を食べずに帰っていった。実は、馬生と私とは終始無言だったのである。これは目と目でかわした会話だった。

並木を出ると、私は仲見世へ行く。紀文堂で人形焼き（アンコのないウズラ）を買い、梅林堂でぶどう餅を買い、文扇堂で祝儀袋か爪楊子を買い、助六で玩具を買う。これらも行きつけの店だ。

『天衣紛上野初花』（河内山と直侍）という芝居は、別名蕎麦屋とも呼ばれているが、その蕎麦屋が並木の藪だ。初花は桜だろうし、清元の「三千歳」は「冴えかえる春の寒さに降る雨の……」となっているのに、蕎麦屋では激しく雪が降るのである。どうも、歌舞伎の季節感というのは曖昧だ。しかし、私は、宇野信夫さんの、

花みちに敷くや入谷の春の雪

という句が大好きだ。この句を思いだすと、並木の藪へ行きたくなってしまう。

ここで並木のメニューをお目にかけよう。

もりそば	四百円
かけそば	四百円
のり掛け	五百五十円
花まき	五百五十円
玉子とじ	六百円
おかめそば	六百円

山掛け	七百円
天ざるそば	千百円
天ぷらそば	千百円
鴨なんばん	千四百円
樽酒	五百五十円
ビール	五百円
焼海苔	三百五十円
わさび芋	三百五十円
板わさ	三百五十円
そば折（三人前）	千五百円

並木の蕎麦職人は、若い元気な男が多い。これが、御主人の堀田さんやお内儀さんの一挙手一投足を、ひとつも見逃してなるものかという感じで見守っている。聞いたことはないのだが、おそらく、全国から修業のために集ってくるのだろう。

お内儀さんが帳簿をつける。すると、二人か三人が折り重なるようにして覗き込む。とても可愛いらしくて『勧進帳』の士卒が義経を取り囲むときのように見える。

今月は二月二十四日に並木の藪へ行った。「冴えかえる」は如月であり衣更でなければならないような気がしている。

盃の上に自分の煙草の灰が落ちた。私は直はんの真似をして、右手の小指の先きで灰を取った。誰かが、

「芸が細かい！」

と、声をかけてくれたらいいのにと思った。

金沢　つる幸の鰯の摘入れ

最初に私をつる幸に連れていってくれたのは、金沢ニューグランドホテルの調理部長をしていた友人の高田雄二であるが、それが、さあ、何年前になるのか、すっかり忘れてしまった。十年以上も前のことであるのは確かだ。ひょっとすると十五年前かもしれない。

当時、私は、金沢についてまったく不案内だった。夕食時になって、高田に訊いた。

「金茶寮というのはどうかね」

ニューグランドには金茶寮の支店があって、懇意にしているのではないかと思った。

「さあ、金茶さんですか。金茶さんはどうも」

高田は気乗りしない様子だった。

「きみの推薦ならどこでもいい。ただし、いわゆる金沢料理は御免だよ」

私は金沢料理が嫌いだった。何だか御大層な感じがする。長崎の卓袱料理、大分の城下鰈とともに、一度食べてみればそれでいいという種類の料理だと思っている。つまり、話のタネにするだけというわけだ。

「そうねえ、じゃあ、行きましょう。この近所の小さな店なんですけど、そこが一番です」

高田が案内してくれたのが、つる幸だった。その頃は、つる家の看板になっていた。あのダイアナ妃が昼食を食べた京都のつる家（本店は大阪だという説がある）で修業した人が板前をやっていて、つる家の名は滅多に外に出せないものなんだそうだ。つる家はボウリング場の二階にあった。なんだか長い階段を昇っていった記憶がある。小さい（カウンターと小間が一室）けれど清潔な感じがする店だった。私は、一発でつる家が気に入ってしまった。何を食べたかという記憶も曖昧なのだが、主人の河田三朗さんが好きになってしまった。ここでは、終始ニコニコしていて、貫禄があるとだけ言っておこう。

それから、食べさせてくれるものに親切味があった。これも曖昧な言い方だが、そうとしか言いようがない。絶大な安心感があった。将棋の大内延介八段（当時）の色紙があった。河田さんは、アマ将棋界の強豪であって、県代表クラスであることを後で知った。

「山口さん、気持の悪いところへ行ってみませんか」

と、高田雄二が言った。

「いやだよ、そんなところ」

「酒場なんです。変な酒場なんです。行ってみましょう」

高田は酔っているらしい。高田に連れていかれたのが、金沢片町にある倫敦屋という酒場だった。なるほど、気持が悪い。

倫敦屋の主人である戸田宏明さんは、私の熱狂的な（狂的と言ったほうがいい）愛読者であって、店のなかを、私の東京での行きつけの酒場を部分的に模倣して改造してしまった。カウンターはA、ボックスはB、奥の部屋はC、天井はDといった具合に……。これは気持わるいぜ。

私の書物がずらっとならんでいる。私だけじゃない。私の先生の高橋義孝先生、友人で仕事仲間の柳原良平、私が仲人をした伊丹十三といったように、書棚は私に縁のある人の書物で埋められている。

そんなことがあって、河田三朗さんとも戸田宏明さんとも仲良くなり、金沢は、いっぺんに親しい町になった。金沢へ行けば、必ずつる幸で食事をして倫敦屋へ寄るようになった。いや、つる幸や倫敦屋へ行きたいために金沢へ行くようになった。

松茸があって、寒鰤があって、蟹が食べられるのはどの時期か。十月の末から十一月の初めまでであるという。私が金沢へ行くと聞いて、担当のK記者、カメラマンのF君のほかに陶芸家の竹中浩さん、慎重社の臥煙君が参加を申しいれてきた。

私は飛行機が駄目なので、金沢へ行くときは、上野駅から夜行列車（寝台特急北陸）で行く。これだと朝の六時半に金沢駅に着く。駅前ホテルで休憩して、ただちに、つる幸へ向った。つる幸は、一時、ボウリング場のそばに小さな店を出したが、現在は、ニューグランドホテルの裏の立派な大きな店になった。この日の昼食の献立は左の如し。

鮎うるか
マツミミ（茸の一種）
鰯煮びたし
アラこぶじめ
このわた羽二重蒸し
烏賊いとづくり
鰯の摘入れ椀
こうばこ蟹
和風蟹焼売
なめこ雑炊

圧巻は鰯の摘入れである。戦前の東京では、鰯の摘入れ（ツミレと言う）は、どこの家庭でも作る何の変哲もない惣菜料理だった。ところが、つる幸の摘入れは似て非なるものである。口に入れて、なんだツミレじゃないかと思った瞬間に、中心のあたりから、得も言われぬ芳香が漂い、甘味が口にひろがってくる。

私が鰯の好きなことを知っている河田さんは、私が行くと聞くと、必ず魚河岸で鰯を一箱仕入れてくる。恐縮して仕入値を訊くと、河田さんは、ニヤッと笑って「七百円です」と答える。

このわた羽二重蒸し（これも絶品）についてK君が珍しくうまいことを言った。「これを口にいれると、目がパッチリします」

この日の夕食の献立。

蟹味噌
松茸西京漬け
土瓶蒸し
あわびステーキ
菊菜と菊の花のおひたし
刺身（あまえび、鰤）
焼松茸
渋抜き御所柿

おこわ（栗、銀杏入り）

深谷温泉石屋旅館に泊った。翌朝は山を歩いて山草と苔を採った。つる幸での夕食の献立は左の如し。

自然薯の酢のもの
泥鰌のかばやき
鰯ぬた
銀杏、百合根、くちこ
蓮根団子の吸物
鯵のタタキ
スッポン生血（ウイスキー入り）
鯛の中落ち
ずわい蟹
若狭ささ鰈
ささ鰈の骨のから揚げ
鰤大根炊きあげ

手打そば

三回食事して重複するところがない。少しも飽きない。ただし、河田さんは、「三日間、昼と夜に召しあがられると（合計六回）、音をあげます」と言っていた。実は、この他に銘々が特別注文した、鮒鮨やら生牡蠣やらを除いてある。また、デザートには特製フルーツ・ゼリーが出てくる。

さて、御勘定のほうであるが、つる幸の案内によれば、こうなっている。

竹　六千円
松　八千円
錦　一万円
鶴　一万二千円

（昼食）

梅　三千五百円
鰻重　二千円
松花堂弁当　五千五百円

これが安いか高いかは読者の判断にゆだねることにするが、昼も夜も、込みあうというほどではないが、かなりの客が入っているところを見ると、金沢の人は、これを適正な値段と受け取っているのだろう。

いつでも、私は、どうして河田さんがボウリング場の二階から、そんなに年月を経ないで、こんな立派な店を建てられたのか、それを訊いてみたいと思い果たせないでいる。いい心持で飲んでいるうちに、陶然となり、そんなことどうだっていいやという気分になってしまうのである。

後に東京で陶芸家の竹中浩さんに会ったとき、

「あの、つる幸の鰯の摘入れはうまかったね」

と言うと、

「おいしゅうございました。つる幸の料理は日本一ですね。でも、つる幸の一番の御馳走は御主人の河田三朗さんの人柄だと思います」

と答えた。私は、この回答に全面的に賛成する。

横浜住吉町　八十八の鰻丼

横浜の八十八へ初めて行ったのは、どういう縁であったのか、すっかり忘れてしまった。たぶん、横浜在住の画家の柳原良平さんに連れていってもらったのだろう。それから、山本周五郎先生がこの店を贔屓にしていたということを書物で読んで知ったのか、誰かから聞いてわかったのか、それも忘れてしまった。

「先生は黙って入ってきましてね、一人でトントントントンって、この階段を駈けあがって、いつでもこのお部屋に入ってしまうんですよ」

女中のおしげさんだか、おたかさんだかがそう言った。それは玄関脇の階段をあがって右の隅の六畳ばかりの部屋であって、間取りの関係で三角定規のような形になっている座敷だった。六畳ばかりと書くのはそのためである。その部屋のなかの右側に床柱ではない柱が出ていて、私はいつもその柱の前に坐って酒を飲むのであるが、寄り掛ると後頭部が柱に当る。当った箇所が膏でもって黒く光っている。私はそれを山本周五郎先生の膏汗と名づけていて、八十八へ行けば必ずその部屋に坐って後頭部を柱にあずけるようにして坐る。すると、何だか心を洗われるような、一種粛然たる思いに打たれるのである。こうしちゃいられないと思う。「襟を正す」という言葉は嫌いなのだが、なんだかそんなような気分になる。その意味でも八十八は私にとって有難い店だった。

しかし、八十八の古い女中さんたちは、

「山本先生はそんなお行儀の悪いことをしませんでしたよ」

と、ムキになって私に抗議する。鰻屋の二階で柱に凭れて酒を飲むのは行儀が悪いことになるのかどうか私にはわからないが、山本周五郎がどんなに女中さんたちを可愛がったか、また、山本さんは遊びに行っても毅然たる態度で終始した様子がうかがえて私なんかにはとても面白い。

東京の西の外れの国立市に住んでいる私が、どうして横浜市の八十八を贔屓にできるのかを疑問に思う人がおられるかもしれない。

私の父も母も横須賀市で生まれ育った。従って横須賀がホームグラウンドであり、横浜が近くの最大のハイカラな都市になる。横浜と東京とは、現在では目と鼻の先きという感じになっているが、明治大正の時代では、横須賀から東京へ出てゆくときは水盃を交わしたという。横須賀の人にとって東京は遠い所だった。だから、私にとって横浜は子供のときから親しい都会だった。オデオン座、外人墓地、伊勢佐木町、馬車道、山下公園、大桟橋、関内といった言葉は、その場所を知らなくても、ずっと耳に残っていた。それに、何よりも父母の菩提寺が浦賀にあり、法事のたびに横浜を通る。通るだけでなく決まって途中下車して八十八に寄っていた。

私はホテルでは山下町のホテル・ニューグランドが好きで、ニューグランドに泊って、八十八で食事して関内の倫敦という酒場で飲むというのを一週間も続けたことがある。

それじゃあ、私が鰻好きかというと、必ずしもそうではない。むしろ鰻は苦手といったほうがいい。私は脂に弱い。近年は医者に脂ものの摂取をストップされている。減量しなければいけないからだ。私にとって大事なのは、それが料亭であるとすると、そこの料理が美味い不味いよりも、店の雰囲気や従業員の気ばたらきのほうである。それと縁というものを大切にしたいと思っている。そうして従業員の気ばたらきのいい店の料理は、これはもう間違いなく美味なのである。八十八の場合、町中にあるのだが、いかにも鰻屋さんという感じの店構えも私の好みに合っている。

八十八の創業者である荒井よねさんは、明治の終り頃に伊勢の津から横浜へ出てきた。ここで店の名のことになるが、よねは米である。米は八十八と書く。そこからヤソハチになった。最初の店は有隣堂書店の裏にあった。これが戦災で焼け、山形に逃げたが、昭和二十三年、横浜に戻ってきて野毛のほうに店を建てた。当主の荒井まささんは二十五年に嫁に来て、三十年に関内住吉町の現在の店を建てた。三十四年によねさんが死去。五十九年十二月には夫にも先立たれている。この御主人は将棋は県代表クラスの強豪であった。私は何度か挑戦されたが、辞退した。いや、尻ッ尾を巻いて逃げた。せっかくいい心持で飲んでいるときに、ギュウという目にあわされたんじゃ、間尺にあわないと思ったからである。

八十八の鰻は金串でなく竹の串で焼く。こういう店は、いまや珍しいのだそうだが、八十八の鰻がふっくらと品よく焼きあがっているのはこのせいだと思われてならない。また、箸袋の八十八という文字は荒井まささんが一枚一枚精魂をこめて書く。いつ見てもこの文字に力がある。こういったところも私は好きだ。何かすべてに思いがこもっているように思われるからである。

九月四日、須磨君が迎えにきてくれて、私は妻とともに家を出た。八十八は妻にとっても馴染みの店であり、久しぶりに柳原良平夫妻にも会いたいと言いだしたからである。雨になっていた。雨が降っているのだけれど、急に晴れあがったりして、その時は強い日射しになる。「日本は亜熱帯地方になった」という説があるそうだが、本当に蒸し暑くて、雨はスコールのように強く、自動車を叩きつけるようにして降る。土用の鰻と言うが、暑ければそれもよしと思ってしまう。

八十八の座敷に集まったのは、柳原良平夫妻、サントリーの小玉武広報部長（横浜育ちなので特別に参加してくれた)、カメラのF君、須磨君、広報部のM嬢、私達夫妻の合計八人、これでは残念ながら山本周五郎の部屋には入りきらず、広間のほうで、ちょっとした宴会のような形になった。女中さんたちも集ってくる。私は、ほぼ十年ぶり、妻にいたっては二十年ぶりだというのに女中さんたちの顔ぶれが変らない。それに老けてもいない。あのときのそのまんまの姿で坐っている。何か山田太一さんの『異人たちとの夏』の世界にいるような気がする。

「きみたち、みんな居ついちゃったなあ」

「猫みたいに言わないでくださいな」

行きつけの店の従業員が、そのまま残っているのは嬉しいものだ。反対に、職人も女中もすぐに替る店は飲んでいても落ちつかない。

「いつか、あんた、酔っぱらって、ここで勧進帳を踊ったことがあったね。覚えているかね」

私が柳原さんに言った。

「覚えているさ」

「延年の舞から飛六法もちゃんとやったぜ。松緑の真似で。……その松緑さんも死んじまったね」

「黒田節も踊ったんだ」

「そうだそうだ。よく覚えているね。箸を槍に見たててね。箸が槍に見えるから不思議だった。あれが芸というもんだね」

妻も女中さんを摑まえては昔話をしている。

私は、あれは梶山季之の三回忌かなんかの帰りだったか、石堂淑朗氏、長部日出雄氏と八十八へ寄ったことを思いだしていた。空豆で一杯やりたいと思い、それこそ山本さん流にトントントンと二階へ上って、

「ビールと空豆、それに鰻は白焼き」

と注文した。空豆は、たしか丼で二杯出てきたと思う。それがメチャメチャにうまかった。私はそれだけで満腹になったが、儀礼的な意味もあって白焼きにも手をだした。それから近くにある倫敦に繰り込むという形になった。しかし、このことで、私は、いまだに石堂さんから恨みを買っているのである。

「鰻屋でしょう。当然鰻の蒲焼きが出ると思っていたんですよ。鰻重か鰻丼がね。それが出ないんだもの……。あんなにガッカリしたことはないなあ」

と、石堂さんは、これから鰻重か鰻丼が出るぞという心持でもってビールを飲み、空豆を抓み白焼きを突ついていたのである。それを断ち切られたんじゃ腹が立つ。当時石堂さんは、たぶん百二十キロを越す巨漢だった。たいがいの幕下の相撲取りなんかより大きかった。身長は景山民夫さんより高い。だから、その、食べる分量を私の腹でもって裁量し

てはいけなかったのである。

いつか八十八の鰻丼でもってお返ししたいと思っているのだが、それも叶わぬことになった。なぜならば石堂さんは、いま減量に成功して百キロを割るようになり、見違えるほどにスマートになったからだ。私も医者に減量を命じられている。脂ものは困るのである。だから、その小宴会でも、私は刺身とか荒井まささんの自宅の庭で採ってきた茗荷だとか紫蘇だとかばかり食べていた。鰻屋にとっちゃ悪い客だ。


九月五日は横浜港の船溜りへ行って絵を描いていた。柳原良平さんもつきあってくれて、いろいろ指導を受けるという楽しい時間になったのだが、また雨になった。仕方なく妻と元町でショッピングということになり、ホテル・ニューグランドに閉じこめられる破目になった。翌朝に横浜を立つことにしていたが何だか物足りない。ずっと、なんだか中ッ腹のような状態で時が過ぎた。雨で絵が描けなくなったせいだろうと思っていた。

しかし、翌朝になって、やっと物足りなさの原因がわかった。私は須磨君に言った。

「お昼に八十八へ行こう。八十八へ行って鰻丼を食べよう」

私は遂に禁を破った。鰻丼をまるごと食べるなんて、これも十数年ぶりのことになる。いや、その八十八の鰻丼の美味かったこと。私は半分食べて残りを須磨君に食べてもらうつもりにしていたが、とてもそんなことはできなかった。貪り喰うという感じになった。

なんというか、奥行きが深く、鰻丼のほうで美味という優しさを力一杯に提供しようとしているような感じを受けた。私は久しぶりに満腹という安堵感を得たように思った。そこでまた、ああ石堂淑朗さんに済まないことをしたとも思った。後になって須磨君はこう言った。

「横浜ではおいしいものをたくさん食べました。ニューグランドの食事もおいしかったのですが、でも、八十八でお昼に食べた鰻丼が一番おいしかった」

倉敷　千里十里庵の焼き蟹

「待って待って、待って……」

千里十里庵の長い長いカウンターの向うが厨房なのだが、主人の大舘和夫さんは私の姿を目にするなり、カウンターの向う側を伝い歩きするようにしながら私から目を離さず、なおも「待って待って、待って待って」と言い続けた。ここで手短かに千里十里庵と私との関係を説明すると、昔、倉敷では定宿のようにしていたアイビースクエアというホテルのフロントで手頃な小料理屋を紹介してもらった。それが千里十里庵という妙な名の店であって、毎晩、私はそこで飲んだ。その後、千里十里庵は鉄筋三階建ての料亭に変り、私は店の看板を書かせてもらった。その後、どういうわけか倉敷と縁がなく、ずっと御無沙汰してしまった。千里十里庵の新しい店を見たい、私の書いた看板も見てみたい、大舘さんに会いたいという思いは日ましに強くなっていったのだけれど……。

「せんせ、待って待って十一年間待っていました」

カウンターを廻ってきて私の前に飛びだしてきた大舘さんが握手を求めた。「せんせ、待って待って……ちっとも来てくれはらしめへんのやから……」。大舘さんの目が潤んでいる。いくらか私はモテアマスという気分になってきた。そこで、私は「大舘さん、わかるかね、これ、女房だよ」と、一緒に行った妻にバトンタッチする形になった。「わかりますとも」。大舘さんはそう言って、私にするのと同じように妻にも握手した。「奥さんの手紙、もうこんなんなってます」。大舘さんは指で三センチばかりの厚さを示した。彼はマスカットや桃や魚の干物や野菜など岡山の名産を毎年送ってくれた。妻の礼状が三センチぐらいの厚さになって保存されていると言っているのだろう。後になって、妻は「握手したとき、あの人、泣いていたわよ」と言った。

　大舘さんは十一年前だと言う。私はこの頃、歳月の長短がわからなくなってきている。千里十里庵を再訪したのは去年（平成二年）の十月十五日なのだけれど、たとえば池波正太郎先生は今年（平成三年）の五月三日が一周忌だった。しかし、文学賞の選考委員同士で親しくしていた私、映画好きで可愛がってもらっていた息子、同じ下町育ちで気脈が通じていて大好きな叔父さんという感じでいたような妻、この私達三人は池波さんはとっくの昔に亡くなった方のような気がしていたのである。あれから一年というのが信じられない。

　しかし、これは例外中の例外であって、たいていは歳月の流れの早さに驚くのである。

倉敷にもう十一年も行っていない、千里十里庵の蟹を十一年も食べていない、そんなことは、いくら言われても、容易には納得できない。それくらい倉敷という町も千里十里庵も大舘和夫さんという坊主頭の威勢のいい職人も身近なものに感じていた。

十一年前、倉敷や福山に滞在した（関保寿先生の展覧会があったり、私の取材旅行があったりした）とき、毎晩のように、関保寿先生や陶芸家の竹中浩さんと千里十里庵に通いつめた。ここで千里十里庵の名の由来を説明すると、いや、これは私の解釈なのだけれど、客を塵取りでもって掻き集めてしまおうといった意味あいであるらしい。その千里十里庵が、どこがどうという説明がつきかねるが私はすっかり気にいってしまった。たぶん、私のことだから、お勘定が安いという大前提があったのだと思う。千里十里庵は五人坐れば満席になるようなカウンターだけの小さなバラックのような店で大舘さん夫婦の二人で仕事をしていた。隅の丸椅子に坐って壁に寄り掛ると建物ごと倒れてしまうのではないかと思われるような店だった。竹中浩さんが石蟹で甲羅酒を作ってくれたりした。私の坐る椅子の背後に石油ストーブが燃えていて、その上で焼くのだが、怖がりの私はビクビクしながら甲羅の酒が沸騰するのを待っていた記憶がある。

主人の大舘和夫さんは料理の手があくと、私達と無駄話をすることなく、後向きになって力をこめて鍋を洗っていた。いや、洗うというよりは磨くのである、鍋も皿も。ひどく神経質な人だなと思った。だから、すぐに後向きになってしまうので、私は、客としての私がこんなにも愛されているとは気づかないでいた。竹中さんは「圭角のある人」というまい表現をする。才能があるが性格の激しい人というほどの意味だろう。もしかしたら、私はそこが気に入ってしまったのかもしれない。

主人夫婦が神経質で綺麗好きという店がある。どうかすると、その点で、客に当ったり客と喧嘩になったりする店がある。ここで私が基準にしているのは、その店の手洗いに備えつけてある手拭いで手が拭けるかどうかということである。主人夫婦が神経質であれば、安心して手が拭ける。いくら好人物であっても、万事につけてダラシのない夫婦のやっている店の手洗いでは自分のハンカチを取りだす。飲食店では、時に女中を叱りとばしたりして、こちらの神経にカチンとくるようなことがあっても、神経質なくらいに綺麗好きな夫婦の店のほうが安心だというのが私の考え方であるが、これも偏見であろうか。

私がとても嬉しく思うことのひとつは、たとえば、私の友人が私の別の友人と親しくなってくれるといったようなことがある。私の行きつけの店を私の友人も気にいってくれて親しくなってくれるというのもそのひとつだ。しかし、嬉しいことの最大なるものは、行きつけの店が繁盛したり、その結果、店を増改築したり新築したりすることだ。五年前だか六年前だか、五人坐れば満席になるような屋台に毛の生えたような店だった千里十里庵が一挙に三階建ての大料亭になってしまった。大館さんは私にも店の設計図（青写真）を送ってくれたが、なにしろ圭角のある人のすることだから私も心配した。しかし、いわゆる風の便りによれば、また関先生や竹中さんの紹介状を持って店を訪れた人の話によれば、立派な店で大繁盛で、倉敷で知らない人はいないくらいの有名店になり、食事も美味しく、とても親切にしてくれたということである。従業員も十四人であるそうだ。

その日（平成二年十月十五日）も竹中浩さんが参加してくれた。大舘さんは竹中さんのことを浩チャン浩チャンと呼ぶ。いま日本の陶芸家として中堅から大家の域に迫ろうとする竹中浩さんに対して、いくらか無礼ではないかと思って注意すると、昔、私は酔っぱらって、竹中先生なんて他人行儀な呼び方をするな、浩チャンと呼べと厳命したんだそうだ。大舘さんは、そんなふうに、十一年前の細かい出来事をすべて正確に記憶していた。

千里十里庵のその夜の献立。

鱧湯引き味噌和え
虎魚生肝
焼きママカリ酢漬け
鴨
鯛の昆布じめ

鶉卵。占地。穴子の燻製
虎魚・平目の刺身
蛸ぶつぎり
虎魚空揚げ
土瓶蒸し
特大蛤・松茸・豆腐味噌仕立て椀

虎魚の刺身と空揚げは私の好物中の好物。蛤は自慢するだけあって本当に大きい。松茸は苦心して手に入れた上物。酒は萬年雪。この萬年雪醸造元の森田経子夫人は美人で気さくな方である。工場は倉敷大原邸の裏にあり、その隣に主として食料品の土産物店を経営しておられ、これがどれも絶品（私は鯵の一夜干しを買った）だから、倉敷へ行ったらぜひ立寄られたい。当夜の千里十里庵の料理を厳正に辛口に批評するならば、吸物の塩味が少し濃かった。あとはいずれも美味。

倉敷が木犀の町であることを知らなかった。木犀は空気の澄んだところでないと花が咲かない。町中いっぱいに芳香が漾っていた。私は一日中良い気分だった。私の上機嫌は、決して木犀の香りのためだけではなかった。

ついでに翌日（十月十六日）の献立も書いておこう。

鰆の叩き（これがうまい）

鱧と松茸の鍋

私はこの鍋も大好物なのだが、知らない店で注文すると物凄いお勘定になるので滅多には食べられない。昨日、特大の蛤とともに松茸も見せてくれたわけがわかった。松茸は土瓶蒸しではなくこの夜のためのものだった。大舘さんは私が毎日来店するものと信じ込んでいるのである。

そのあと、これも大好きなアイビースクエアの地下の酒場の赤煉瓦で飲む。私も竹中さんも山崎のストレート。

そこへ、大舘さんと、もとアイビースクエアのフロントにいた伊藤さんが連れだってやってきた。最初に千里十里庵を教えてくれたのが伊藤さんである。私が倉敷に滞在していたときに伊藤さんに子供が生まれた。女の子である。名前をつけてくださいと伊藤さんが言う。そのうちに、名前は葉子にしましたという伊藤さんからの報告があった。アイビーだから葉子なのだろう。私も咄嗟に浮かんだ名が葉子だったのだが、当時、伊藤一葉という人気のある手品師がいて、その連想と思われるのが癪で言いだせないでいた。

伊藤さんが葉子ちゃんを連れてくるという。そりゃいけないと断ったのだが、どうやら伊藤さんにはそういった酒の上の癖があるようで、いったん帰宅して葉子ちゃんを連れてきた。将来は美人になること間違いなしという端整な顔立ちの少女である。いくらかムッとしたような表情でいる。それはそうだ。食事して入浴して、これからゆっくり少女小説でも読もうとしているところへ酔っぱらった父親に無理矢理に連れだされたのだから……。少女には極端に潔癖になる時期がある。酔っぱらった男たちなんか不潔の最たるものだろう。葉子ちゃんにはフレッシュジュースを頼んで、

「葉子ちゃん、幾歳ですか？」

と訊いてみた。これは愚問だった。

「十一歳です」

彼女はキッパリとした声で答えた。そうだ、あれから十一年なのだ。私は、私の隣に少女ではなく「歳月」が坐っているような気分になってしまった。

祇園　山ふくの雑ぜ御飯

祇園町の山ふくへ最初に連れていってくれた人は誰だろう。最初に行ったときの情景が浮かんでこない。しかし、筋道を立てて考えてみると、それは山科の陶芸家竹中浩さんであるに違いない。お互いにまだ若くて、知りあったばかりでもあったので遠慮があり、どこかギコチない感じだった。山ふくに、竹中さんの初期の作品が置いてあった。それを私に見せるほうに重点があったのかもしれない。白磁の面取りの盃は、いい感じで私の下唇に触れた。

ところが、山ふくでは食器類は民芸調のものが多いのである。これは女将の山田たねさんが民芸品愛好家であるためだ。たねさんは、たとえば「信州民芸めぐりバスの旅」なんてものがあると、一人で参加して、いろいろと食器類を買ってくる。はじめは違和感があった。祇園は清水寺のある小高い山の麓にある。清水焼きであったり、京風のあっさりした薄手の食器類が出てくるほうが自然ではないかと思ったものだ。この違和感がいまでも続いている。しかしながら、この違和感がいいのである。大袈裟に言うならば、京都の都の文化と関東の土臭い文化が正面衝突しているように思われる。この感じは悪くない。だから、山ふくに置いてある竹中浩さんの作品は、どちらかというと、ゴツいもので土の香りがするようなものだ。

ところで、私は、山ふくを教えられて、一度で気に入ってしまった。いまでこそ『京都うまいもの地図』といった案内書を手にしたギャルが、店内を見廻して「ああ、ここなんだ」と叫んで、そのまま出ていってしまうようなことがないでもないが、当時は祇園町の一力の裏にあることが信じられないようなヒッソリとした一膳飯屋の名に相応しい店だった。私は、ヒトメ、ここは祇園町の御主人連の来る店だと思った。事実、地味な黒っぽい絣なんか着た中年男が、菜っ葉を肴に一本だけ飲んで、そそくさと帰ってゆく光景なんかが見られたものである。どこでもそうだが、玄人（この場合は水商売）の行く店がいいにきまっている。たとえば寿司屋の職人の行く寿司屋。また、むろん深夜になって、祇園町の客が、舞妓を三人ばかり連れて乗り込んでくるということもあった。それでも、いまでもそうだが、誰もが静かに飲んでいて、キァアキァアと大騒ぎするようなことはなかった。そこが、若い人たちに名を知られるようになった現在でも他の有名店との大きな違いになっている。私は山ふくの雑ぜ御飯が好きなのだけれど、常に若い女性で一杯の、時には店の前で三十分も並ばなければならないような「かやく飯」の有名店とはまるで違う。

つまりは、通の行く店だった。演劇や映画関係の人には名を知られた店であることが、だんだんわかってきた。篠田正浩・岩下志麻夫妻の姿を見たことがある。食通である中尾彬・池波志乃夫妻も愛好していると聞いた。

私は京都へ行けば山ふくで食事をするようになった。取材旅行や講演旅行で西へ行ったときは、一行と別れて祇園町で一泊して山ふくで飲んで帰る。少し前に流行った言葉で言えば「ほとんど病気」だった。その中毒は今に続いている。その日に帰らなければいけないようなときは、新幹線の最終列車にまにあう時間ぎりぎりまで、ここで飲んでいた。ときには雑ぜ御飯を折詰にしてもらって、新幹線の座席で夕食を摂るようなこともあった。

女将の山田たねさんとも親しくなった。私は山ふくの雑ぜ御飯が大好きである。グリーンピースの豆御飯、筍飯、かやく飯、松茸御飯。いつでも私は、席に坐るなり、一膳だけ私の分を残しておいてくださいと頼む。なかでも筍飯を愛好している。筍飯も好きだが、そもそも筍が好きだ。二月の終りになると、もう筍飯を出してくれるが、筍の旬になると、やや小太りで少し足の悪いたねさんが、体を左右に揺すりながら、まだ私は何も注文していないのに、丼一杯の筍の煮物を持って、実にいい笑顔でもって近づいてくるのである。その程度に私達は親しくなっていた。旅先きで描いたスケッチをたねさんに進呈する。あるとき、たねさんは「せんせのように、だんだん上手になってゆくお方は珍しいわ」と言った。これをお世辞と取るか悪口と取るかに迷った。以前の絵は見られたもんではなかったというふうにも受け取れるのである。私は、お互いに悪口を言いあえるくらいに親しくなっていると解釈することにしている。

さて、肝腎の山ふくの料理であるが、こういうものを料理というのかどうか私にはわからないが、ともかく、小上りの端に取り付けられた緑色の黒板（これは言語矛盾であるが）に書かれた品書を紹介するのが一番の捷径であると思われる。十月のある日の献立。

「小芋・おから・きんぴら・もずく・千切り・こんにゃく・川えび・ひじき・もろきゅう・じゃこおろし・ほうれん草・わさび芋・しゃけ・青とう・貝柱・いわしに・しをから・ささがれい・なっとう・もろこ・丸干し・さざえうに・たら子・きもに・たにし・つけもの・うなぎのきもに・あまごの南蛮漬・柳川・でんがく・肉じゃが糸こんにゃく・なっぱ・温泉玉子・ゆどうふ・揚出し・冷やっこ・かす汁・鴨ロース・小あゆに・たいの子・てつかわ・やきなす・ごりに・ぎんなん・大根に」。これに、季節の雑ぜ御飯が加わる。

これを勝手に組み合わせて注文する。私なら、おから、きんぴら、ひじき、肉じゃが、なっぱは欠かせないところだ。魚がまるでないのも淋しいから、てつかわ（河豚の皮）でも頼むか。これを三、四人で分けて食べる。

私は、山ふくという店の成立ちについては何も知らない。花街で身許調べのようなことをするのは失礼に当るだろう。以下に私の推測と、自然にわかってきたこと、竹中浩さんに教えてもらったことを記す。

山ふくは祇園町のお茶屋（待合）であった（と思われる）。終戦後、みんなが貧しかった頃は経営不振であった（と思われる）。二階に黒田辰秋作のカウンターがあるそうだから、ある時期、酒場に近いことをやったことがあるのかもしれない。

山田たねさんが、あるとき、一膳飯屋か惣菜屋のようなものを始めたらどうかと考える。長女の芙喜子さんを辻留に修業に出す。現在の品書はほとんど芙喜子さんの発案であるそうだ。芙喜子さんはシナリオ・ライターの剛さんと結婚して（それで映画・演劇関係の客が多い）東京に住んでいるが、京都にもマンションの一室を借りてあって、しばしば店を手伝いに来ている。この芙喜子さんの御主人の剛さんの弟の毅さんも板場で働いている（盛り付け専門）。この人が将棋好きで、私が棋士に山ふくを紹介したことが、店と私とが親しくなるキッカケになったとも言える。山ふくの店が賑わいはじめる夜の六時から七時頃、階段の下に蹲るようにしている男がいる。私は密かに階段下の怪人と名づけていたのだが、この人が長男の功さんであって、会計係という考えようによってはもっとも重要な仕事を担当している。この功さんの嫁の勝子さんが、いわば、いまの山ふくの看板であって板長を勤める。つまり料理方は、芙喜子さんがいないときは、勝子さん一人である。活発で気合のいい女性である。威勢がいいけれど決して煩くはない。この勝子さんの発案によって、山ふくは、昼も営業するようになった。これが正解で、山ふくに若い客、特に女性客が多くなった。通の店が、俄然、幅を増したのである。勝子さんは、たねさんと芙喜子さんから学び、それをすっかり自分のものにしてしまった。だから、山ふくはいまでもたねさんと芙喜子さんの味を保っているのである。

一番大事なことを書き忘れている。女将の山田たねさんは、去年の秋に、嗚呼、亡くなってしまったのである。私達は、もう、あの笑顔に接することができない。私は、いつでも小上りと言うべきか小間（小座敷）と言うべきかわからないが、店の隅の畳の部屋にあがる。すると、たねさんは満面の笑顔で、体を振りながら小上りに上ってくる。私は、いつも、足が悪いのに申しわけないと思う。そこの、あいている椅子に坐っていて下さいよ、お顔は見えますからと言うのだが、いっこうに私の言うことをきこうとはしない。そうして笑った顔のままで言う。

「せんせ、今日は松茸御飯ですね。一杯だけ取っておきますから……」

店の雰囲気も客あしらいも味も、勝子さんやその他の身内の人たちがシッカリと継承していることを、まことに嬉しく思う。

祇園一力の裏に山ふくがあり、山ふくの真裏に二鶴という旅館があった。私は京都へ行けば二鶴に泊まり、一度だけ主人の料理を頂戴して、あとは昼も夜も山ふくで食べる。時には二鶴の女将の吉田三千子さんを山ふくへ連れていってしまうこともあった。山ふくの後はサンボアへ廻る。

ところで二鶴という旅館があったと書いたのは、今年の一月で廃業して学研都市線の田辺町へ移転してしまったからである。まあ、吉田夫妻も齢を取ってしまったためと言っておこう。

店を畳む直前に二鶴へ泊った。竹中浩さんが来てくれて、二階の座敷で絵付けをしたり陶盤に文字を書いたり色紙を書いたりして遊んでいた。そこに三千子さんが上ってきて、それこそ女子学生のようにキャアキャア言いながら、見物していた。三千子さんが一枚の陶盤の前に坐って動かなくなった。

「まあ、嬉しいわ。せんせ、これ頂けるんでしょうか」

「もちろんだよ。そのために書いたんだ」

その陶盤に私は〝祇園町に二鶴といふ旅籠ありき〟と書いていた。

「キャア、嬉しい。お父さんも喜ぶわ。いい記念になります。いえ、家宝にします」

女将は陶盤を押し戴くようにしていたが、急に静かになり、動かなくなった。しまったと思ったが、もう遅い。祇園町の二階座敷に女将の微かな歔欷が流れ、次第に高くなって部屋一杯に広がっていった。

〝行きつけの店〟と題して、通人ぶったようなことを書くのに気が引けることがあるが、私にとっての〝行きつけの店〟とはこういった交際のことである。

京都へ行けば二鶴に泊り、山ふくで食べ、サンボアで飲む。山ふくからサンボアまで、感じで言うと百五十メートルぐらいのものであろうか。だから、活字で〝小京都〟という文字を見ると笑ってしまう。私にとっての京都は、そもそもが、とてもとても小さいのである。

IV

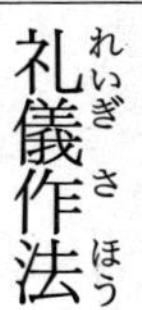

礼儀作法

酒の飲み方

盃をどう持つか

たとえば、銀座裏の小料理屋へ行ったとする。銚子、盃、肴、箸、箸置が運ばれてくる。内儀が最初の一杯のお酌をしてくれる。これを飲む。

飲んでから、「正しい酒の飲み方を知っているかね。盃をどう持って、どう飲むか」と訊いてみる。私の経験では、答えられた人がいない。

これは一流料亭の内儀から芸者、仲居にいたるまで、誰一人、正確に答えた人がいなかった。彼女たちは、毎日、これを繰りかえしているのである。それでいて、わかっていない。こんなふうに、あまりにも平凡で、何気なく行なってしまっている日常茶飯のことは、かえってわかりにくいものである。

私は何人かの女優にも同じ質問をしてみた。これも答えられない。アイマイに笑うだけである。女優は、舞台の上で、酒を飲むという動作を演じなければならない。それも、観客から見て、キレイに見えるようにやらなければならない。それが答えられないというのは不思議ではないか。

正しい答えを教えよう。まず、盃を持ってくれたまえ。無意識でいい。そうだ。誰でも、ヒトサシユビとオヤユビで盃を持つだろう。ナカユビを盃の下部に軽く添える人もいるかもしれない。それでいい。この際、ヒトサシユビとオヤユビは、盃の円の直径を指し示す形になる。これも自然にそうなるはずである。そうでないと盃は落ちてしまうし、落ちないまでも不安定で、余分な力を必要とすることになる。

そうやって盃を持ったら、これを唇に近づける。そうして、ヒトサシユビとオヤユビの中間のところから飲むのである。この際に、舐めるようにではなく、盃の中の酒を口の中に放りこむようにして飲む。これが正解である。これが見た目のキレイな酒の飲み方である。

こうやって飲むと、向かいあっている相手から盃がかくれるようになる。芝居なら、観客から盃と唇とがかくれるようになる。実際にやってみてくれたまえ。

宴会に行く。芸妓が来る。まあ一杯どうだろうということで酌をしてやる。このとき、若い芸妓が、この動作で、手の甲を見せて、サッと放りこむようにして飲んで、ご返盃と言って盃を突きだしたらキレイじゃないか。私なら、惚れちまうね。惚れないまでも、いい気分になる。

さて、それなら、私は常にそのような動作で酒を飲んでいるかというと、そうではない。なあんだと思うかもしれないが、それでいい。礼儀作法とかマナーとかいうものは、知っていてそれを行なわないところに妙諦がある。知らなければいけない。しかし、それを常に実行する必要はない。

もし、かりに、あらゆるマナーに通じていて、常にそれを行なっている人がいたとすると、これは、かなりイヤラシイ人間になってしまう。盃の場合でも、私は、ふつうはヒトサシユビとオヤユビの中心ではなく、オヤユビに近いところで飲んでいる。

美しいことが正しいこと

ホテルのロビーや廊下を歩いているときに帽子をかぶっていていいかどうか。これは難問である。建物のなかでは帽子を脱ぐことになっている。ホテルのロビーや廊下は建物のなかなのか、それとも公共の道路と同じものなのか。私は、帽子をかぶっていても、脱いでも、どちらでもいいと思っている。

それなら、エレベーターのなかはどうだろう。エチケットの書物によれば、帽子をかぶったままでいいことになっている。ただし、もし、婦人と一緒であるときは、脱帽して、帽子を手に持てと教えている。これも、見た目のキレイなマナーである。

しかし、恋人と二人っきりでエレベーターのなかにいるときはどうするか。恋人も婦人である。こういうときに、エチケットの書物の教えるところのものを金科玉条として、しゃちこばって帽子をとり、右手に帽子、左手に鞄ということになったら、これは滑稽というほかはない。

こういう際は、恋人の体に軽く触れて、これを守るような感じでいるほうがいいと思う。つまり、マナーというものは、それを知っていて、あるときはそれを行ない、あるときはそれを行なわないところに妙諦があると言わざるをえない。そうやって、人柄とか個性とかが生ずるのである。誰もが教科書通りの人形になってしまってはおもしろくない。

さて、盃のことであるが、そんなシチメンドウなことは知らなくてもいいじゃないかと言う人がいるかもしれない。そういう人に私は質問したい。それなら、あなたは、西洋料理を食べるときに、スープの飲み方を知らなくていいと思っているのですか。

これは同じことだと思う。スープの飲み方を知っていて、酒の飲み方は知らないというのはおかしいではないか。

スープの場合、スプーンを手前から向こうへ押しだすようにして皿のなかのスープをすくう。これは誰でも知っているだろう。ついで、スプーンを縦にして、口をあけ、口のなかに放りこむようにして飲むのである。ヤキトリの串を横にくわえるようにして、スプーンを横にしたままで飲んではいけない。まあ、いけないことはないにしても、見た目がキレイではない。ヤキトリの串を縦にして食べると、ノドを刺すので危険である。

高橋義孝先生は、汽車の罐焚きが、シャベルで石炭を罐に放りこむようにしてスープを飲むべきだと言われる。ヨーロッパの映画を見ていると、少女が、全くその通りにスープを口中に放りこむようにしてスイスイと飲む場面にぶつかることがある。見ていて、かわいらしいし、美しい。

放りこむようにして飲む。スプーンを縦につかう。すなわち、唇がかくれる。手の甲を見せる。これは、盃の酒の場合とよく似ているではないか。いや、全く同じだと考えていいだろう。それが美しい飲み方である。マナーに関しては、美しく見えることが正しいことなのである。ミットモナイことは悪である。

酒の注ぎ方、箸の置き方

ふたたび冒頭の場面にもどっていただきたい。酒の飲み方はわかったが、酒の注ぎ方、お酌の仕方はどうなるのか。

私は、酒の飲み方について質問した相手に、注ぎ方についての問いを発した。やはり、誰も答えられない。

これは非常に簡単である。銚子を持つ。それをそのまま横に倒せばいい。オヤユビと、残りの四本のユビで持つ。そうして、オヤユビを下に向けるようにして倒すのである。相手に向かって縦に突きだしてはいけない。銚子はひねってはいけない。それだけのことである。

これは、新派の女優がテレビで話しているのを聞いて知った。舞台でこうすると、客席で見たときに美しいという。これは、たとえば一流芸者の動作であろうが、逆に、場末の酌婦を演ずるときは、銚子をヒネッて下品な感じをだすのではないかと、そのとき思った。

この注ぎ方は理に適っていると思う。向かいあっている相手に縦に銚子を突きだすと、相手の盃がかくれてしまって注ぎにくい。横に倒せば粗相をすることはあるまい。

さて、次に、あなたの前に、箸と箸置がある。これは、どう置くのが正しいか。

このくらいのことは誰でも知っているだろう。自分の位置からするならば、左側に箸置を置く。そこへ先端を左にして、箸を置く。

誰でもそうしている。これが絶対に正しい。あなたもそう思うだろう。

絶対に正しい？　それなら、箸を持ってみてくれたまえ。次に、箸置を右側にして、箸の先端を右側にして、もう一度、箸を持ってみてごらんなさい。どちらが早く持てるか。

実に意外にも、作法にならないところの、箸置を右側にしたほうが早く持てるのである。一挙動で持てるのである。だから、内田百閒先生は、箸置を右側に置いたのである。そっちのほうが理に適っているのだけれど、私はそれを行なう勇気がない。

料亭へ行くと、箸が袋に入っていることがある。その紙の袋をどうするか。あれは案外に場所をとるものである。とくに、中華料理のときは、袋が大きくて、場所をとって始末に困ることがある。

袋を折りたたんで、紙の箸置をつくる人がいる。結んでしまう人がいる。食事の最中に、これをいじくりまわしている人がいる。

正解は、くしゃくしゃにして、洋服ならポケットに、着物なら袂にいれるのである。すばやく行なう。すなわち、膳や卓のうえがさっぱりとする。

以上のことは、高橋義孝先生に教えられたことである。こんなふうに、銚子、盃、箸、箸置、箸の袋の扱いなど何でもないことのようだけれど、考えてみると、なかなかに厄介なものである。知っていて行なわなくてもいい。しかし、知っておいたほうがいいと私は考えている。

桐朋学園の校長の生江義男先生は、女学生を修学旅行に連れて行って、旅館で食事をするときに、箸の袋にその日の献立を書かせたという。これは、その土地へ行った思い出になるし、結婚してからひじょうに役立つ実際的な教育になっていると思う。

食器類

洋皿に刺身——女郎買いの糠味噌汁

友人・知人の家に遊びに行き、夕食をご馳走になる。そのとき、たいていは、食器類があまりにもお粗末なのでガッカリしてしまう。

食卓の中央に、グラスが置いてある。これに竹の箸が十数本突きささっている。どれでもお取りなさいという。これでは一膳飯屋か飯場か、軍隊である。

箸置がない。仕方なく、小皿にたてかける。まことに不安定である。その小皿に鉄腕アトムの絵が描いてある。

肉が出る、その肉を盛った皿が透明であって、食卓の模様が透けて見える。刺身が出る。それが洋皿に盛ってある。ショート・ケーキをのせるにふさわしい洋皿である。

醬油注ぎは、メーカーの名の入ったガラス製。ソースは瓶のまま。マヨネーズは、歯磨のチューブみたいな徳用大型が突っ立っている。

食後のウィスキーのグラスは、洋酒メーカーか乳酸菌飲料の会社の景品。そうでなくても、持ちやすい、無色の、柄物ではない気持ちのいいどっしりとしたタンブラーにお目にかかることは絶無であるといっていい。

私は、若い友人、新婚一年という友人、あるいは不幸続きで貧しく暮らしている友人の家庭について言っているのではない。そうではなくて、大企業の部課長、中小企業の重役といった友人の食卓について言っているのである。友人は、ナニナニ・クラブという有名なゴルフクラブの会員である。外国製の自動車を運転する。毎晩のように宴会がある。そればかりではなく、宴席では、日本料理、フランス料理についての一家言をもち、一席ぶつという人物である。私は、ずっと以前に、このことを「女郎買いの糠味噌汁」と書いたことがある。

ある友人の家に行って、それこそ、驚いて倒れそうになった経験がある。夕食を食べて行けと言われて、食堂に通された。私の前に一枚の皿があった。それだけだった。その皿は、デパートのお子様ランチのような、プラスチック製の、仕切りのある皿だった。ハンバーグ・ステーキも、焼魚も、煮物も、野菜も、さらにお新香まで、一枚の皿にそっくり盛ってある。なるほど、これなら、盛るときも洗うときも便利である。

私は、心中で、こう思った。「たいへん結構だが、われわれは戦地にいるのではない」

似たような話で、嬉しい話がある。

南極越冬隊員が日本に帰ってきた。一隊員が、何が嬉しいといって、ガラスのコップでウィスキーが飲めたことぐらい嬉しいことはなかったと語った。南極では食器はすべてプラスチック製であった。そうでないと割れてしまうし、また、食べる、飲むということに関していえば、それで全て事足りるのである。事は足りるのであるが足りないものがある。この足りない部分が、私たちの日常の「生活」であり「味わい」というものなのではないだろうか。

〝食卓に歴史あり〟

私の母は、赤ん坊が離乳すると、小さい象牙の箸を買った。そうして、食事に関して一人前になると、また、大人用の一生使える象牙の箸を買った。つまり、箸に関しては、一生に二度買うだけである。母は、そのほうが得だと思ったようだ。

象牙の箸というのは当たりがやわらかいし、けっして高価なものではない。私の子どもが生まれたとき、母は、自分の使えなくなった三味線の撥をなおして孫の箸をつくった。

象牙の箸の利点は、だんだんに、いい色になってくることである。アメ色になる。私は、何か、そこに、その家の歴史を見るような気がする。そういうものを大事にしたいという気持ちが年々に強くなってくる。

ずっと以前、若い友人夫妻が遊びに来て、食事になった。

「まるで、うちに帰ったみたいだわ」

と、夫人が言った。二人とも京都の出身である。私の家の食器類を見て、なつかしく思ったようだ。

私の所には、わけがあって、魯山人の食器が六十点ばかりあり、その他、知人の陶芸家に貰ったものが少しはあるが、日常に使うものは駄物ばかりである。それでいて、友人夫妻が驚くのは、このごろの、特に若夫婦は、キンキラキンの新式の食器を使っている証拠だと思う。

私は、会社の出張や、取材旅行で地方都市を歩くときは、いわゆる土産物を買わず、古道具屋で食器類を買った。それも、絶対に五百円以上のものは買うまいと心にきめていた。いまは、値上がりしてそうもいかなくなったが、五年前ぐらいまでは、蕎麦猪口や小皿や中皿などは、なかなかにおもしろいものが買えた。だから、そうかといって、イイモノや高価なものがあるのではない。骨董屋というのは入り難いものである。しかし、一目で上物ばかりしか置いていないとわかる店は敬遠して、そうでなければ、かまわずにズイとはいる。

そうして、いいと思ったものの値を聞いてみる。いまなら、二千円以下というぐらいに値をきめておいて思いきって買う。それも、私は、日常食卓で使えるものに限定した。

骨董については、私はまるで知識がない。まるでわかっていない。それでいいと思っている。掘出物をしようとする気持ちはまったくない。いいものというものは、むこうから、こちらの目に飛びこんでくる。ただし、高いものは買えないし、私はそれを必要としない。

かくして、いまや、五十人ぐらいの客なら、なんとかまかなえるようになった。私のような客の多い職業の者は別として、普通の家庭なら、三年間ぐらい、それを心がけていれば一式そろってしまうはずである。しかも、デパートの食器売場の半値か三分の一ぐらいの値で買える。

陶器や磁器は、どう逆立ちしたって昔のものにはかなわない。第一に素朴である。そこに昔の職人の心がある。邪魔にならない。第二に使いやすい。第三に、こわれない。

このごろ、京都三年坂のあたりを歩いていると、若い人が、どんどん骨董屋へ入ってゆく。あれは、見ていて気持ちのいい光景である。どうか、悪しき民芸調に迷わされたり害されたりすることなく、職人の造った、民家で使ってきたホンモノを探してもらいたい。いま出廻っている蕎麦猪口は、明治・大正のころ、蕎麦屋で使っていたものだ。湯呑みにするといい。私のところで使っているのは、蕎麦猪口にしても小皿にしても、むかしは五十円、五年前は二百円から三百円どまりのものであるが、それでも食卓がずいぶん豊かになり、そんなもののない食事が私には考えられなくなっている。

箸のあげおろしの一刻一刻が人生だ

箸置なんかは五十円から百円で売っている。醤油注ぎはおもしろいものがなくて苦労したが、水差しでもいいし、煎茶用の小さい急須でもいいと思う。私には、ナニナニ醤油というメーカーの名がはいっているガラスの醤油注ぎを使っている人の神経がまるで理解できない。

ソースもしかり。ソース入れにいいようなものを骨董屋で探すのは大変だから、デパートで新品を買ってくる。

私は食器に関しては、ドイツとかスイスとか北欧のものが好きだ。ちょっと高いが、一生使えるのだし、ひとつ買えばそのことで神経をつかわなくて済むようになるのだから、結局は、非常に安いということになるのではなかろうか。

こんなふうに書いてくると、老人臭いと思われるかもしれないし、また、いくぶん偉そうに聞こえるかもしれないが、私は、たとえば、まだ気に入ったコーヒー茶碗を持っていないし、スプーン、ナイフ、フォーク等の銀器もない。どうも、銀器に関しては、日本は非常に遅れているように思う。

だから、読むと見るとでは大違いで、私の家へ来る人はがっかりするかもしれないが、その私が、よその家で驚くのだから、一般に、現代の日本人の食卓の光景は味気ないということになるのではないか。こういう時代は、かつてなかったはずだと思う。

都会の人口がふえる。家が建つ。それは地方の中小都市、農村地帯に及んでいる。

たとえば、都会に近い農村地帯に、どんどん家が建つ。昔は、これが藁葺屋根であった。あるいは黒の瓦であった。あたりが緑で、茶の屋根、黒の屋根、ここに、かりに鯉のぼりがひるがえると実に楽しい実に美しい農村風景になった。外国なら石の家である。それ自体、ひとつの風景であり、年代が経つと美しさを増す。

しかるに、いまは違う。家が建つと風景が汚れる。あの屋根は何という建材なのか。赤あり黄あり緑あり。多分、経済的に有効ということで、日本の田園風景、都会の風景がそんなふうに貧しく汚れてしまったのだろう。かく申す私の家も、これ全く新建材ばかりで出来ている。

せめて、食卓ぐらいは、と思う。そうでないと、日本人の情緒というものが、年々に急激に失われ損われてしまうように思う。

私においては、お茶を飲む、食事をするという、いわば箸のあげおろしの一刻一刻が人生だという気持ちが抜きがたいものになっている。高遠なる理想は私には縁がない。むしろ、小さな食器、それを造った職人の心、そこから人類の歴史にせまりたいという気持ちが強い。

まあ、そんなことはともかく、個性のある食卓と食器を考えるのも、生きるための作法のひとつだと思う。

酒場についての知恵

「酒をつつしみ、女にきりかえる」？

ニッパチ（二八）という言葉がある。二月と八月は商売のほうがよろしくない。こういう商売はずいぶん多いはずである。たとえば学生相手の小売書店は、学生が帰省してしまう八月がいいわけがない。

酒場でもそうだろう。どうやら、八月はもう商売にならないと決めてかかっているようだ。むろん、土曜日は休みにしているうえに、従業員慰安と称して、一週間も店を閉めたりする。月のうち、半分も営業しない。

これに、最近は、ヨンゴー（四五）という言葉が加わった。……かどうか私は知らない。これは私の造語である。多分そうだろうと考えていることがある。

酒場の客は、三十五歳から五十五歳までと考えていいだろう。つまり、酒場の客は、中年から初老までである。経済的なユトリができ、公私ともに交際がふえ、また、飲める盛りということになる。なかでも四十代というのが盛りの年齢である。その真ん中の四十五歳という年齢を考えてみよう。

　四十五歳の男に、十七歳の長男、十四歳の長女、十一歳の次男がいても不思議ではない。長男が大学に入学する。長女が高校に、次男が中学に進学する。この入学金で中年の父親は参ってしまうのである。私立の中学であると入学金だけで三十万円、一年分の授業料その他で十五万円というのは珍しくない。

　三月に入学金を払う。入学祝いをする。四月、五月は、父親はショックで意気沮喪している。ショックどころか、借金の返済で頭が痛い。酒場なんかへ行っていられない。酒場が不景気になる。というのが、私のヨンゴー説である。こう考えてくると、酒場の経営も楽でないことがわかる。

　酒場で飲むというのは、一種の癖のようなものである。飲む人は飲むし、飲まない人は飲まない。縄暖簾の好きな人もいるし、スナック・バーの好きな人もいる。私の言っているのは、そういう呑屋ではない。

　夏が終わり、九月になる。酒場にはずっと御無沙汰になっている。さあ、少しひきしめなくてはと思う。しかし、九月の半ばごろ、会社が終わって、六時半頃外に出ると、あたりは薄暗く、何か肌寒いようにさえ思われる。人恋しい感じになる。その頃から酒がうまくなる。食欲の秋というのは、体と気候が合っているからなのであって、そのときは酒もうまく飲めるのである。

酒場へ行く。それが癖になる。むこうもそれが商売だから、悪いようにはしない。来させよう、来させようとする。かくして、十月は盛大に飲み、ボーナスの半分は銀座の支払いだと考えたりするようになる。

十一月になると、各種の宴会、クラス会、早目の忘年会などが行なわれる。十二月は、半ばヤケクソ、半ば習慣、限りある身の力ためさんという具合に飲み続ける。

なんだか告白調になってきたが、左様、私は二十代の終わりから、四十代の初めにかけて、とびとびにではあるが、銀座に入り浸りの時期があったのです。いまは、残念ながら、体のほうが続かない。それに、ちょっと飲んで三万円、四万円では、そっちのほうも続かない。

さて、そういう暮れが終わり、年が明け、初出勤となる。ああいう馬鹿なことは、ほどほどにしようと思ったりする。はたして一月二月の運命やいかに、と思っている人も多いと思う。酒飲みというのは、これで、案外に、反省癖が強いものなのである。

「もう、酒はつつしもうと思う。どうも体によくない」

と、女房に言う。女房の顔が輝く。

「それで、今年から女にきりかえる」

そう言って叱られたことがあった。

酒場でのいい態度とは？

酒場に入ってゆくときの態度について、吉行淳之介さんが何度か書いておられる。私は、若いときから割に平気なほうであったけれど、吉行さんのものを読むと、ああ、あれで私なんかも気負っているように見えたのかもしれないと思う。少なくとも、平気でいようとしているところがあり、それは意識していることであり、逆に肩肘張っていることになる。これは、やはり場数を踏まないと、どうにもならない。

入って行くときに具合の悪い酒場は、扉をあけた途端に、客も女も、バーテンダーもマネージャーもいっせいにこちらを見るというつくりの店である。立地条件が様々であるから、どうしてもそんな店ができてしまう。

店のつくりでいうと、私は、店全体が四角い酒場が好きだ。細長い店は、どうも苦手だ。どうということはないのだけれど、長方形の店は落ちつきが悪いように思う。

四角い店であると、どの席にすわっても、だいたいにおいて店全体が見渡せることになり、ああ、カウンターに誰某が来ているなということがわかり、また、めったにないことではあるが、客の全員が一緒になって飲んでいるという雰囲気になることがある。それはいい気分のものだ。

長方形の店であると、横から見られる。カウンターにいると背後から見られる。奥の席に誰がいるかわからないということで、ゆったりした気分になれない。地方都市の酒場へ行くと、一段高い所に別室があったりして、それも感じが悪い。酒場では呉越同舟(ごえつどうしゅう)でありたい。仲のいい客同士ならなおいい。

私は、よく新入社員を高級酒場や高級待合(まちあい)へ連れていったものだ。一種の教育だと思っていたが、いいことばかりはなかった。

政治評論家が来ていると、敵意をむきだしにしたりする。学生運動をやっていてそのまま入社したのだからそれも無理はない。連れて行った私が悪い。また、新入社員は、そういう店ではおとなしくしているかと思ったが、そうではなかった。つまり、彼は、昂奮(こうふん)してしまって、すぐに酔っぱらってしまうということがわかった。

高級酒場は、やはり、ある程度の年齢になって、落ちついて飲めるようになってから行ったほうがいい。

「お世話になりますという気持ち」

酒場では隣(とな)りの客に話しかけてはいけないと言われている。私もそう思う。知らない人に話しかけられるのは苦痛だ。まして、遠くの席から「おおい、こっちへ来いよ」なんて叫ばれると、何のために飲みにいったのだかわからなくなる。ただし、仲のいい友人になれば話は別だ。

たしか河盛好蔵さんだったと思うが、酒場へ行く楽しみは、あの酒場へ行けばアイツに会えるだろうと思って行ってみると、はたしてアイツが飲んでいたという時だと書いておられたが、まったく同感で、それを読んだとき、思わず小膝を叩くという感じになった。

会いたいと思っていた友人に会えた、あるいは、その友人の紹介で、思いがけない知己を得るというのが酒場の醍醐味である。

いい酒場の条件とは何だろうか。一にも二にも、こちらの健康を気づかってくれる店である。あまり飲みたくない日に、ムリヤリ酒をすすめられると閉口する。まだ半分も飲んでいないのにお代わりを持ってくる。商売熱心なのかもしれないが、そういう店へは行かないほうがいい。実際に、酒飲みは、一年に二度や三度は泥酔してしまうことがあるのであり、そういう時でも安心な店とそうでない店があるのであって、充分に注意したほうがいい。

どんな会社にも、酒ではなくて酒場に飲まれてしまっている社員が一人か二人はいるものだ。そういう男は、パーティー会場で、酒場のマダム連中にちやほやされている。しかし、会場の心ある客は、そういう男を軽蔑している。実際は、マダム連中だって心のなかでは軽く扱っているのである。間違ってもそういう男になってはいけない。

私は、飲みはじめてからずっと、酒場へ行くと「お世話になります」という気持ちが抜けきれない。酒場は大切な所なのである。私が、たとえば、取材などで世話になった人を酒場へ案内したとする。その人をいい気分で飲ませてくれるのでなければ、連れていった意味がない。

これは酒場ではないけれど、銀座の「はち巻岡田」という小料理屋のおかみさんは、私が初めての客を連れてゆくと、必ず、その人に話しかけて、その人の好みを知ろうとする。それがありがたいし、また、それが商売というものだろう。

酒のうえのことだから、こちらも、どんな失敗をするかわからない。だから、いつでも、お世話になりますという気持ちでいる。女房は、そんなに遠慮することはないと言って厭がる。だから、これは私の偏見であるのかもしれないが。

酒場でのチップをどうするか。これも、なかなかむずかしい。岡部冬彦さんは、暮れの、これが最後だというときに、マネージャーやバーテンダーに、まとめてチップを渡すことにしているそうだけれど、スマートなやりかただと思う。女やバーテンダーはすぐに変わるが、マネージャーは長く勤める場合が多い。スマートでうまい方法だと思う。

私は、酒場とは「伊達ひく所」だと思っている。キザだと思う人は、そう思ってくれてもかまわない。伊達とは心意気である。むこうがこっちに尽くしてくれる。こっちもむこうに尽くす。こっちがヒイキにする。むこうもヒイキにしてくれる。そういう関係だろうと思う。そうでなければ、高い金を出してあんな所へ行く意味がないし、おもしろくもなんともない。

通ぶる人

ワサビがサビになる

寿司屋へ行くと、まるで人間が変わってしまうようになる人がいる。ふだん、ワサビのことはワサビと言っている人が、寿司屋へ行くと、ワサビがサビになってしまう。

「鉄火巻き！　子どもたちはサビ抜き。俺はサビをたっぷりきかして……」

こういうことが私にはわからないし、聞いていて不愉快になる。ちょうど、もの静かな若奥さんが自動車の運転ということになると、にわかに乱暴な口をきくようになるのと似ている。

「おい、こっち、ムラサキがないよ」

などとも言う。醬油は醬油でいいじゃないか。醬油のことをムラサキと言うのは、小料理屋や待合などにおける隠語であって、私が子どものころ、これに類した言葉を使うと、母にひどく叱られたものだ。私の子どものころは、醤油のことをオシタジと言った。

小料理屋で、Aの席の醤油がきれかかっている。板前が、仲居に、そっと、おい、あっち、ムラサキが……といった具合いに囁く。この場合は、醤油よりムラサキのほうが当たりがやわらかくて、いい感じがする。隠語とは、そういうふうに使われるべきものではあるまいか。それを、素人が、というより客のほうで使うとおかしなことになる。

「お酒ですか?」

寿司屋の職人が、目の前にすわった客に訊く。

「いや、今日は食べるほうなんだ。アガリにしてくれ」

こういうのを聞くと、びっくりする。アガリというのは、もう食べ終わったからオシマイにするという意味である。すわったとたんにアガリとは……?

アガリがお茶のことになってしまった。ついでながら、寿司屋のお茶は、どうして粉茶なのか。どうして寿司屋では粉茶のほうがうまいのかということが、私には依然としてわからない。

こういう客は、最後に、きまって、こう言う。

「オアイソしてください」

お勘定をしてくれという意味なのだけれど、これは、本来、店の人同士、あるいは店の人が客に対して使う言葉なのだ。それが、いつのまにか、妙なふうに使われるようになってきた。

いや、人のことは言えない。若いころの私も、きっと、そんなふうだったのだろう。

「セイナンゲタマワシ！」

職人が会計係の女に言う。この勘定は七千三百三十円である。セイナンが七、ゲタが三（穴が三つあるので）、マワシというのは重ねるという意味である。したがって、七三三〇。そんなことを、まだおぼえているのは、私が職人の符牒（ふちょう）に興味を持っていて、自分でも少しは使っていた証拠（しょうこ）だと思う。

商売上で必要な言葉

東京では、おたくという言い方をする。これは、あなたという意味であるが、それに、いくらかは「あなたの家」「あなたの会社」といった意味あいが加味（かみ）されることがある。

私は、はっきりしたことは知らないが、東北や北海道では、おたくという言い方がないらしい。

ところが、北海道から出てきた青年が、やたらにおたくを連発する。

「おたくは、いま、何を書いていますか」

「今年の夏、おたくはどこへ行きましたか」

「おたくはジャガイモが好きですか」

うるさくて仕方がない。耳ざわりとはこのことだろう。

あとになって、その青年は、北海道から出てくるときに、父に、東京では、おたくというのはアナタという意味であるから、間違えないように、うっかりして現住所を言ったりしないようにと注意されてきたのだと言った。頭にそのことがあるので、ついつい、おたくを連発してしまうのだそうだ。自分で使って早く馴れたいという意識がはたらくらしい。

私は、おたくという言い方が東京の独特の言葉であり、それが奇異に感ぜられるということを知らなかったし、また、私自身はめったにそういう言い方をしないので、へえ、そんなものかと思った。

サビ抜き、ムラサキ、アガリ、オアイソという言い方をする人は、つまり、この、おたくを連発する青年と同じことなのである。すなわち、初心者である。早く馴れたいと思っているのである。

「オアイソしてちょうだい」

などと言う人がいたら、ははあ、この人は料理屋で食事することに馴れていないので、早く馴れようとしているのだなと思えばいい。初心者だなと思えばいい。通ぶるというのは、たいていは、この程度のことである。

私は田舎者を罵倒すると批難されることがあるけれど、けっしてそんなことはない。しかし、早く都会に馴れたいと思って焦っている人を見ると、どうしても、田舎臭いと思ってしまう。おたくを連発する青年などが好例である。自分の言葉を使えばいい。西郷隆盛は自分のことをオイドンと言ったそうだが、だからといって西郷隆盛を田舎者だと思うようなことはない。反対に、西郷さんが自分のことをソレガシとか拙者とか言ったとしたら、これは大変に田舎臭いと思ってしまうだろう。

私は符牒とか隠語というものは必要だと考えている。

たとえば、印刷所の人は、雑誌とか書物の下に刻される数字のことをノンブルと言う。これはナンバーのことである。しかし、印刷所の人がそう言うものだから、出版社の人もノンブルと言うようになる。したがって、原稿を書いたり校正をしたりする私たちもノンブルと言う。そのほうが間違いが少なくなる。すなわち、仕事をするうえで必要な言葉なのである。ノンブルはノンブルであって、ナンバーではない。しかし、それを必要としない別の世界の人がノンブルと言うとおかしなことになるし、まことに聞き苦しい。

印刷所の人は「上」という活字のことを、カミジョウと言う。それは、ジョウと発音する文字があまりにも多いので、区別するために、カミとも発音する「上」に、さらにジョウをつけ加えてカミジョウと言うのである。これも仕事のために必要なのであって、それを必要としない私がカミジョウと言ったりするのは、まったく無意味であり、ミットモナイことになる。そのミットモナイことをやっているのが通ぶる人なのではあるまいか。

旅館の従業員は、得体の知れない客のことをピカソと呼ぶ。

「あの小間のお客さん、ピカソよ」

といったふうに使うが、ピカソとは言い得て妙で、笑ってしまったが、これが、どうも、あのお客さん、わけのわからない怪しい人よと言ったりして、うっかり、当のそのお客さんに聞かれてしまったら大変なことになる。

これがピカソなら、かりに客に聞かれたとしても、うちでは上等なお客さんのことをピカソとかマチスとかお呼びするんですよ、で済んでしまう。すなわち、その世界で商売上で必要とする言葉（符牒）なのである。こういうことは、どの世界にもある。誰でも、それを必要としない人たちが自分たちの世界に踏みこんでくるときに、不愉快に思ったり、うるさいと感ずるのではないだろうか。

徹底的にキザでいく

ことは、寿司屋や料理屋にかぎらない。大学生や新入社員が初めて酒場へ行くと、なにか気負っていたり、肩ひじ張ったような恰好になり、一目で、馴れていないことがわかってしまう。はじめはそれでいい。少しも恥ずかしいようなことはない。わからないことはわからないと言い、教えてもらえばいい。

私の会社の新入社員が初めての宴会に出て、あとで、芸者が隣りにすわったときには震えましたと言った。正直で可愛らしくて、とてもいいと思った。

森鷗外の『キタ・セクスアリス』に、宴会で、酒が飲めないのでキントンばかり食べている青年が出てくる。その態度が堂々としているので芸者が惚れてしまう。これでいいのではないかと思う。

ところが、少し馴れてくると、急にくだけてしまう青年がいる。これが困る。地方都市から出てきて、一心不乱に東京を勉強しようとする青年にこの型が多い。こういう客は、きまって、店の人に嫌われる。いつでも、普通に、ありのままに振舞えばいいのに……。

いまや、ワサビのことをワサビ、醬油のことを醬油、お茶のことをお茶、ご飯のこと（シャリでなく）をご飯、お勘定のことをお勘定と言うことのほうがキザに聞こえてしまうかもしれない。困った風潮である。（もっとも、ゲソのことをイカのアシとは言いづらいかもしれないが）

しかし、私は、前にも書いたことがあるかもしれないが、礼儀作法とは、一面で言えば、わるびれずにキザに徹することではないかと思っている。サョウシカラバでなく、符牒でなく、くだけすぎず、誰にでも通ずる言葉を使いたいと思う。

いま、寿司屋へ行って、お茶をくださいと言うと、職人も変な顔をするし、まわりの客もこっちを見たりするようになっている。正しい言葉（というより普通の当たり前の言葉）を使うときに抵抗があるような時代である。しかし、私は、やはり、人に何と言われようとも、こういう厭らしい風潮に抵抗したいし、その意味でキザで徹底すべきだと考えている。

季節の野菜

キューリは夏の野菜です

今年の三月だか四月に、高橋義孝先生がある寿司屋で酒を飲んでいると、隣りにすわっていた若いアヴェックがキューリ巻き（カッパ巻きというようだ）を食べていて、男が女にこう言ったという。

「うまいなあ。キューリは春さきにかぎるねえ……」

女のほうも、まったくそうだというようにうなずいていたという。まことにほほえましい光景である。

私は、吹きだしてしまったが、同時に、ナルホドとも思った。キューリでも、とくに出はじめの小さい苦味のあるキューリは、何か春さきの感じがしないでもない。

むかし、高級料亭へ行くと、まだ花のついている、ごくごく小さいキューリが出されることがあった。それは食べるものではなくて飾りだった。私は、子どものとき、それが高級料亭とそうでない店との違いであるように感じていたものである。食べられない料理、食べるものではない野菜、花のうちに摘みとってしまう贅沢な飾りものという印象を受け、それが高級店のイメージとつながっていった。もちろん、そのキューリは、一月、二月から春さきにかけて出ることが多かった。

キューリ、ナス、トマトなどは、主として夏のものである。私は、キューリ、ナス、トマトというと、暑い暑い、夏の太陽を感じてしまう。私は、それらの野菜は、むしろ、いっぱいに吸いこんだ太陽光線を食べるものだという感じで受けとっていた。緑、黒、赤という色あいがいい。

小野田少尉がルバング島から出てきて、マニラではじめて正式の夕食を食べたとき、いちばんうまかったのはキューリだと言った。キューリにマヨネーズがかかっていたので、彼はそれをフランス料理だと言った。たしか、キューリだけ、三人前か四人前かを食べてしまったという話を聞いた。

私はその感じがとてもよくわかる。ちかごろは山菜料理が珍重されたりするが、本当にうまいのは、ごく普通のキューリ、ナス、トマトの類である。ルバング島にも、キューリにちかい野菜があったはずだと思う。いかにキューリが夏のものであったとしても、常夏の島ではうまく育たず、化物のような、あるいは山菜にちかいものになってしまうのだろう。

私は、小野田さんが、ビーフステーキとか舌平目のムニエル（これは想像で書くのであるが）などには目もくれず、むさぼるようにしてキューリを食べたというのは、おかしな話のようでいて、それが本当だと思っている。子どものときから馴れ親しんだ食べもの、お菜の基本となるもの、食卓に欠かすことのできない季節の野菜、それが一番うまいのである。ふだんはそれに気がつかないだけだ。私が小野田さんという人間をホンモノだと思って信用するようになったのは、その話がキッカケになった。

畑でできる赤いトマト

高橋義孝先生から寿司屋にいたアヴェックの話を聞いてから、思いついて、キューリとナスを自分の家でつくってみることになった。私の家の庭は雑木林であって、春からは陽が当たらないようになる。それで、ベランダに発泡スチロールの箱を置き、そこにキューリとナスの苗を二本ずつ植えた。

驚くなかれと言いたいところであるが、この二本ずつの苗で、かなりのところまで、新鮮でウマイ野菜にありつけることになったのである。もっとも、私のところは、私と女房の二人っきりであるが……。

私は、ちょっと曲がっていて苦味のあるキューリ、棘のあるキューリ、ふとくなりすぎて古漬にしかならないようなキューリ、そんなものも好きなのであるが、何でも自由自在だった。そのキューリは、しなやかで、しっとりしていて、甘い水気を含んでいた。八百屋で買う干涸びたキューリとはモノが違う。

キューリならば、そのままミソをつけて食べる。ナスならば焼いて食べる。これが何よりうまい。

残るのはトマトである。トマトの栽培はむずかしい。下手をすると虫がついて全滅してしまう。

そこで、一計を案じた。私の友人の妹が、このあたりの大きな農家に嫁に行っている。そこへ頼みこんで、トマトを捥がせてもらうことになった。いまは、ナスのほかは出荷していないで、野菜はすべて自家用であるという。トマトのほかに、カボチャ、トウモロコシ、ニラ、ミョーガ、エダマメ、オクラなどもいただくことになった。お礼に菓子折を持ってゆくと、それでは悪いということになって、翌朝早く、またしても野菜類が届けられるというようなこともあった。

そのトマトであるが、ご承知のように、八百屋で売っているトマトは、ビニール・ハウスで栽培されたり、あるいはそれが昔ながらの畑であっても、青いままで捥がれたのを、倉庫や輸送の期間に赤く成熟させたものばかりである。これならば、むしろ、赤いトマトを加工したトマト・ジュースのほうがいいくらいのものだ。

それで、その畑で太陽光線をいっぱいに吸いこんだ赤いトマトのことであるが、いやあ、食った食ったというべきか、食ったどころの段ではないというべきか、とにかく、今年の夏ほどトマトを食べたことはない。

私は、よく冷やしたトマトを四つぐらいに割って塩をつけて食べたり、薄く輪切りにしてタマネギと一緒にして食べるのが好きなのであるが、スープにしてもチリチリするような、軽く舌を蹴るような特有の酸味があり、とてもうまかった。人によっては、畑で捥いだばかりの、まだ充分に温いトマトを袖で拭いてその場で食べるのを最上とするようだが、農薬のことがあるので、それはやらなかった。(あとで、そのトマトは、堆肥だけで栽培されたものとわかったが)

氷河期のエチケット

季節感がなくなったという。とくに野菜がそうであるという。池田弥三郎さんは、季節の野菜はソラマメだけになったと言って歎かれる。まったく、カッパ巻きなどは、一年中食べられるようになった。場ちがいな、あるいは先っ走りの野菜が出てくるのは、高級料理店だけではなくなった。冷凍のエダマメが出廻っているが、季節のものでないと、しなしなしていて、噛みきれないものさえある。エダマメというのは、そのまま茹でればいいのだから、酒場のツキダシなどに便利なせいだろうと思う。あんなにうまいものをダイナシにしてしまったと思い、残念な気がする。

花でもそうだが、ユリとかキクとかは、昔から一年中あった。これは葬式に欠かせない花だからである。葬式は季節に関係がないからである。とくに、キクは、食用になってから、一年中の栽培がさかんになった。

実は、季節感がなくなったのを歎くのが今回の眼目であるのではない。

私は、いま、熱があって、これを書いていて、とても苦しい。八月の下旬に風邪をひいてしまって、いまだになおらないのである。

八月の下旬に、夏とは思えないような寒い日が二日も三日も続いた。そのときにやられた。東北地方は、稀にみる冷害に襲われているという。京都の嵐山の一部で紅葉がはじまり、夏のうちにシクラメンが咲きだし、九月の半ばで炬燵を使いだした家庭があるという。イギリスやヨーロッパ大陸でも大不作で野菜の値は高くなるばかりだそうだ。地球は氷河期に入ろうとしているという説があるが、去年は残暑ともいえないような暑さが九月いっぱい続き、紅葉の期間がバカに短かった。

季節感がなくなったのではなくて、季節がなくなろうとしているように思われる。

八月の下旬の、夏とは思われないような寒い日の夜、私は、女房に夏掛けではなく、冬の厚いフトンを出してくれるように頼もうと思ったが、それも何か憚られるような気がして、そのまま寝てしまった。それで風邪をひいたのだと思っている。

むかし、戦前のことになるが、軽井沢にいる外国人は、寒い日になると、夏でも厚手のセーターを着たりオーバー・コートを着ていたのを思いだす。彼らには、八月だから薄いものを着るという考えがないらしい。日本人には、そもそも、外套を持って避暑に行くような人はいない。外国人は、寒いから厚いものを着る、暑いから薄いものを着るというふうに考えるのである。私などは、終戦直後に、冬でもペラペラのズボンをはいて町を歩いているアメリカ人を見て驚いたものだった。オフィスで働く若いアメリカの女性は、冬でも半袖の薄物を着ていた。

七月は絽の羽織、八月は紗の羽織といった、あまりにも微妙で繊細なキマリは失われてしまうだろう。季節のことは、それでいいのではあるまいか。いまに、夏でも、お寒うございますという挨拶が不思議でなくなる時代がくるかもしれない。それでいいと思う。礼儀作法は、自由自在で、流動性のあるべきものだと思う。

今回は、キューリ、ナス、トマトなどの季節の野菜のことばかりを書き、季節感の話に及んだ。そんなことは礼儀作法とは無関係だと思う人が多いと思う。

しかし、ふだん、見なれている、食べつけているものが本当は一番うまいものであり、人はそれに気がつかないでいて、それを大事にしないということは、私はエチケットの問題と大いに関連があると思っている。親子の関係、夫婦の関係がそれに似ているように思われる。

解説　山口さんと飲んだ日々

嵐山光三郎

山口さんは一生懸命の店を愛した人である。バーでもレストランでも、モクモクと自分の道を歩いている人を大切にした。誤解をおそれずに言うならば、一本気のへそ曲りを偏愛する癖があった。それは山口さんがそうであることの反映であったはずだ。

「酒の飲み方にうるさかった」というとかたぐるしく思われるかもしれないが、威張り散らして飲む成金風情を好まぬ、というふうで、自在な飲み方だ。

私はといえば乱暴な酒飲みで、じつのところ、酔ったうえでの喧嘩ばかりやっていたくちだから、山口流作法からすると失格者になる。にもかかわらず、山口さんに親しくしていただけたのは、自宅が山口邸の近くにあり、同じく国立の住人というためであったろう。私にしたところで、山口さんの前に行くと自戒して、いい子ぶっていたという事情もある。まあ、山口さんは、そのへんは見破っておられたかもしれないけれど。

山口さんは、お元気のころ、一日おきくらいに治子夫人と一緒に市内を散歩しておられた。私もときどき会って、道で立ち話をした。そのまま一緒にロージナ茶房へ行って、コーヒーを飲むこともあった。治子夫人はココアかコーヒーを注文しておられた。ロージナ茶房は駅前の大学通りをちょっと横丁に入ったところにあって、私も人と会うのによく使う。かつては中上健次さんがこの店でコーヒーを飲みつつ原稿を書いていた。店の主人の伊藤セツ氏は山口さんと同年齢で、いまなお御健在である。イタリアのピンクのシャツがよく似合う画家で山口さんの親友だった。

　ロージナ茶房の路地を左へ曲ったところにそばのそば芳があって、山口さんはこの店もいたくひいきにしていた。主人はプロレスラーのような巨漢で、筋肉モリモリで、ぎしぎしとそばを打つ。ちょいとみた目はこわそうだが、そのじつ生一本で、実直で純情で、心やさしき人物だ。山口さんは、こういう人を大切にしていた。山口さんにほめられると、当人もその気になるようで、それはそば芳主人だけでなく私もその一人である。山口さんには、ふんわりとした「ほめる力」があってそれは魔術みたいになって効いてくる。ちゃんとして生きなきゃいけない、という気になるのであった。

　いつだったか、競馬帰りのあと、山口さんと飲み歩いているとき、「柳の店へ行こう。どうも前から気になっていた店でね」と言われて、初めての飲み屋へ入った。その店は私の家から五十メートルほどの近くにあって、あんまり近所だから立ち寄ったことはなかった。すすけた板敷きの造りで、店の前に一本の柳の木があって、新派舞台に出てくる大衆酒場の店構えだ。山口さんはこの店を前々から気にしていたらしく、ただ、持ち前の人見知り的性質から入ることができなかったらしい。酒の勢いもあって、ガラリと戸を開けて入ってみた。

店の中は満員だった。近所の目立たない酒場にこれほどの客がいるのに驚いた。その夜は、その店が閉店する日で、なじみ客を呼んで最後のヤケ酒的飲み会をしている最中であった。山口さんも私も、国立市内ではいささか顔を知られているため、客の視線がいっせいにこちらにそそがれた。凶状持ちの私は一瞬たじろいだものの、山口さんは悠々と中央の席に坐って、お内儀さんがついだとっくり酒を飲みほし、にこやかに応対された。その店は大家から追いたてをくっているらしく、なじみ客の何人かの目は血走り、べろんべろんに正体をなくして酔った客がいたけれども、山口さんが坐ると周囲はおだやかになった。あのときほど山口さんの風格にびっくりしたことはない。居合抜きの達人が、ぞろりと無頼の徒にまぎれた気配があった。しかも自然体である。その店は翌日からブルドーザーが来て壊され、たちまち空地となった。いまは洋風のモルタル造りの家が建っている。

酔払って家へ帰る途中、その家の前を通り過ぎると、山口さんを思いだす。あの夜は、台風の夜の夢だったような気がする。

二月に入ると、国立の一橋大学構内にある池の横の紅梅が咲く。この紅梅は、国立じゅうのどの梅よりも早く咲くのだ。紅梅ごしにふり返ると、一橋大学の時計台にさーっと光が射しこんでいる。もうしばらくすると桜の花が一勢に咲く。山口さんは、スケッチを趣味としていて、大学構内の桜の道を描いた絵がある。その小径は私も気にいっていた散歩道だが、山口さんの没後、新校舎が建ってなくなってしまった。

大学通り沿いに咲く桜並木は、それは豪勢なもので、山口さんの御子息である正介さんたちと花見をした記憶がある。紅白の幕を張って酒盛りをしていると、あとで山口さんが駆けつけて、それは楽しい花見であった。この世のぜいたくに、「山口瞳と酒を飲む」という時間がある。この本を読んだ人は、みんなそう考えるだろう。山口さんが健在のころは、そんなぜいたくな時間を、年に何回も過ごせた。私はなんという果報者であろうか。

そうなのだ。上等の酒を飲んだり、愉しい食事をする時間は一期一会である。ぜいたくな宴会は瞬時に過ぎ去り、夢となって記憶の彼方に薄れていくばかりだ。ということは、これから酒を飲み、食事をする諸君は、すべて一期一会と思いたまえ。その覚悟が、山口さんが言うところの「礼儀作法」に通じるのではないだろうか。

山口さんがいきつけの店にエソラという画廊喫茶がある。山口邸の近くにあったから、山口さんの第二応接間のようで、ここへ行くと山口さんに会うことができた。店の半分が喫茶店で、半分が画廊になっている。主人の関増雄さんは、山口さんの盟友関頑亭翁の甥である。毎年の暮れにエソラで絵ハガキ展をやった。ハガキ大の絵を描いて展示し、額つき二万円で売った。山口さんや頑亭翁のオリジナル絵が安価で手に入るため、日本各地から客が訪れた。絵ハガキ展の最終日は、山口組（国立に住む山口さんの友人をこう呼んでいた）は酒を持ちよって、エソラに集って暮れの宴会をやった。宴会を仕切る山口さんは、まめで律儀でせっかちだった。テンカの山口瞳が、集まった客に酒をついで廻り、料理を配り、水でぬれたテーブルをふきんでふいていた。なんだか申し訳なかったが、山口さんはそれをとても愉快そうにやっておられた。年に一度は、バーテンや料理人の真似をしたかったんだろうなあ。それはそれは愉快な宴会であった。このエソラ絵ハガキ展は、山口さんをしのびつつ、いまなお、暮れにひらかれています。

（作家）

新装版解説

白央篤司（はくおうあつし）

自分でも面の皮は厚いほうだと思うが、いくらなんでも山口瞳さんの解説を私ごときが引き受けるのは、おこがましいにも程がある。以前から食と旅に関するエッセイが好きで拝読してはいたものの、研究してきたわけでもない。お目にかかったことなど勿論（もちろん）ない。角川春樹事務所の編集さんから依頼メールが来たときは飛び上がって驚いた。固辞しなければ……と思いつつ『酒食生活』を開いているとやっぱり、引き込まれる。飲みたくなり、旅したくなる。山口さんは高校の先輩であり、また亡くなられた東京・小金井市にある聖ヨハネ会桜町病院は、私が生まれた場所でもある。ほんのわずかな縁にすがって、恥をさらすのは覚悟で書かせていただきたい。畏（おそ）れ多い。

「上から目線」「意識高い系」なんて言葉が当たり前になった現代において、何かを指南する、あるいは批判するような文章を書くのはむずかしい。炎上をおそれる編集者からは求められず、また書き手もやりたがらない。こんなこと書いたら嫌われるかな、燃えてしまうかなと思って避けるうち、聞こえのよいことしか書けなくなっていく。

文筆家として「何かを好む、愛でる」ということは「受け入れがたい、許しがたい何かがある」と対になることだと私は思っている。山口さんの文章にはそういった確かな好悪の精神が軸にあり、小気味よく物事が断じられていく。現代の読者にとっては新鮮な驚きもあり、ときに引くこともあるだろう。

「酒の飲めない人は本当に気の毒だと思う。私からするならば、人生を半分しか生きていないような感じがする」（26ページ）なんて言葉は、現在だと「余計なお世話だ」と鼻白む人も多いだろうが、どうか41ページまで待ってほしい。山口さんは、どうやら飲み出したら酒が止まらなくなるタイプのようで、「翌日は廃人同様となる。だから、一年を半分に、一生を半分しか生きていない気分になる」と綴る。自分だって同じようなものと洒落のめすこの感じ、私にはたまらない魅力だ。酒乱とは何か、ときて「飲もうといったときに最後までつきあってくれる人たち」と喝破するセンスには特にシビれる。これは山口さんの代表作のひとつで、直木賞に輝いた『江分利満氏の優雅な生活』の中にある一節。小説ながらコラム的で、昭和30年代後半のサラリーマン生活事情と時代風俗を描いた水彩画のようでもあり、また山口さんの家族を追ったドキュメンタリーの趣きあり、当時どれだけ新鮮な驚きをもって迎えられただろうと想像する。興味を持たれた方はぜひこちらも読んでみてほしい。

「食の話」でも「行きつけの店」でも、味に関する描写はごく少ない。金沢『つる幸』における鰯の摘入れの「得も言われぬ芳香が漂い、甘味が口にひろがってくる」（131・132ページ）なんてのは特別だ。

店主のちょっとした口調や店の佇まい、店内の空気感、厠の手ぬぐいの感じ、辺りに咲く花、こんな人も通った店だった、あるいはどんな用事の後に行きたくなる店だったか……自分がそこを愛する理由を様々な角度から素描されていく。店への愛はほどよく冷まして、素っ気ないぐらいの筆致で書いてくる。粋だな、と思う。本当は褒めたいところが山とあるのをグッと我慢して一部に絞る、思いを集結させる。文章の品格とはそういうことによって生まれてくるのではないだろうか。

「花みちに敷くや入谷の春の雪」という宇野信夫の句を出して「この句を思い出すと、並木の藪に行きたくなってしまう」（125ページ）と続けたくだり、柝の音が聞こえてくるようであり、小村雪岱の絵を見る思いだ。大正二年創業『並木藪蕎麦』がどんな風情の店か、どんなまちにあるのか、これだけで充分に感じられてくる。

しかし「行きつけの店」で記される各地各店の品書きだが、グーグルマップも食べログもなかった当時、日本各地の食いしん坊たちはまさに垂涎の思いで読んでいたことだろう。

耳慣れぬ食材や料理名にどれほどの想像力をふるわせ、旅情をかき立てられただろうか。「行きつけの店」の章は、同タイトルの書籍からの抜粋なのだが、この本はあとがきも感動的だ。本書には収録されていないが、引用させてほしい。

「いま私の心に残るものは、意外にも〝時の移ろい〟である。あれが美味かった、あそこの眺めがよかったではなく、あの時のあの人の笑顔がよかったという類のことである」

「私は、旅館、料亭、小料理屋、酒場、喫茶店などは文化そのものだと思っている。そこで働く人たちも文化である。私自身は、そこを学校だと思い、修業の場だと思って育ってきた。読者もここで何かを学んでくれたら、こんなに嬉しいことはない」（『行きつけの店』ＴＢＳブリタニカ版より）

食の場、酒の場で山口さんが体験し、取材し、血肉とされてきたものの濃密さを思う。「横浜住吉町　八十八の鰻丼」を読むと、直接は描かれていない仲居さんたちの足音やふすまを開ける音などまでが聞こえてくるような思いになる。「礼儀作法」の章を含めて本書は山口さんが次代に「残したい」と強く願ったものが詰まっている。「礼儀作法とかマナーとかいうものは、知っていてそれを行なわないところに妙諦がある。知らなければいけない。しかし、それを常に実行する必要はない」（165ページ）というのは特に心に留めたい言葉だった。

本文を書く前、ご挨拶しておきたいと思い浦賀の墓所を訪ねた。京浜急行の浦賀駅から十数分歩いたところに菩提寺の顕正寺はあり、本堂裏手にすぐ山口家のお墓を見つけることができた。花を供え、何にすべきかさんざん迷ったがサントリーハイボールも供える。つまみがないと悪い気がして、オイルサーディン缶も脇に置く。墓石のまわりにわずかに生えていた雑草を抜いてから手を合わせた。
「若輩者もいいところですが解説文を担わせていただきます、どうかお許しください」すると、どうだろう、曇り空からぽつぽつ雨が降ってくる。先生の涙雨かと思うと申し訳なかった。いや、ハイボール1缶では足りなかったのだろうか……。

（フードライター、コラムニスト）

【所収一覧】

Ⅰ　酒の話

幻のマルチニ……『酒呑みの自己弁護』新潮文庫
うまくない葡萄酒……『酒呑みの自己弁護』
バー調査……『酒呑みの自己弁護』
ビールの利尿作用……『酒呑みの自己弁護』
酒飲まぬ奴……『酒呑みの自己弁護』
宿酔……『酒呑みの自己弁護』
大日本酒乱党宣言……『江分利満氏大いに怒る』集英社文庫
宴会三題噺……『江分利満氏大いに怒る』

Ⅱ　食の話

食通……『冬の公園』新潮文庫
ハヤシライス……『冬の公園』
葱鮪鍋……『英雄の死』新潮文庫
うまいもの……『木槿の花』新潮文庫
★河豚戦争のこと「父祖の地佐賀、塩田町久間冬野」『迷惑旅行』新潮文庫
★朝食にパン！…「第7話　熱塩温泉、雪見酒」『温泉へ行こう』新潮文庫

★完全武装……「第19話　軽井沢は真冬に限る」『温泉へ行こう』
★代官山は菓子の町……『新東京百景』新潮文庫
★庄内のフランス料理…「酒田、鶴岡、冬支度」『酔いどれ紀行』新潮文庫

Ⅲ　行きつけの店

浅草　並木の藪の鴨なんばん……『行きつけの店』新潮文庫
金沢　つる幸の鰯の摘入れ……『行きつけの店』
横浜住吉町　八十八の鰻丼……『行きつけの店』
倉敷　千里十里庵の焼き蟹……『行きつけの店』
★祇園　山ふくの雑ぜ御飯……『行きつけの店』

Ⅳ　礼儀作法

酒の飲み方……『礼儀作法入門』新潮文庫
食器類……『礼儀作法入門』
酒場についての知恵……『礼儀作法入門』
通ぶる人……『私流頑固主義』集英社文庫
季節の野菜……『私流頑固主義』

＊本書は『酒食生活』（二〇〇五年二月、小社グルメ文庫）を、新装版としてハルキ文庫より刊行したものです。

酒食生活（新装版）

著者　山口 瞳（やまぐち ひとみ）

2005年 2月18日第一刷発行
2024年 9月18日新装版第一刷発行

発行者　角川春樹

発行所　株式会社角川春樹事務所
〒102-0074 東京都千代田区九段南2-1-30 イタリア文化会館

電話　03（3263）5247（編集）
03（3263）5881（営業）

印刷・製本　中央精版印刷株式会社

フォーマット・デザイン　芦澤泰偉
表紙イラストレーション　門坂 流

ISBN978-4-7584-4669-3 C0195 ©2024 Yamaguchi Shosuke Printed in Japan
http://www.kadokawaharuki.co.jp/［営業］
fanmail@kadokawaharuki.co.jp［編集］　ご意見・ご感想をお寄せください。

開高健の本

新装版　巷の美食家

「ぶどう酒であろうと、コニャックであろうと、何であれ、その良否を知る一つの方法は、日ごろから安物を飲みつけることである」世界的な有名スパイの意外な好物、戦時中の電極パン、ベルギーのショコラ、南米のスコッチなど、最高の食と酒から、ゲテモノまで、一度は味わいたい逸品の数々。行動する作家として世界中を旅した開高健による、傑作エッセイ集を新装版にて刊行。

ハルキ文庫